ジョーン・バウアー　杉田七重 訳

RAISING LUMIE

ルーミーと オリーブの 特別な10か月

小学館 | SUPER! YA

もくじ

装画／そのだえり
装丁・デザイン／城所潤・大谷浩介（ジュン・キドコロ・デザイン）

1 子犬たち

いまは、とにかく、あったかくしているのが大事。

ぬくぬく。

もぞもぞ。

あったかくなれば次は、お乳《ちち》だ。

このセンターでは、同じ母犬から生まれた子犬はひとつの組にまとめられる。「L《エル》」組の子犬たちは、ぜんぶで七匹《ひき》。黒い毛の子がいれば、黄みがかった、うすいベージュ色の子もいる。

いつもいっしょにいて、いつもいっしょに眠《ねむ》る。たいていの場合、おたがいのからだに折りかさなるようにして。

この子たちが、特別な才能《さいのう》を持つ犬だとは、まずだれも思わない。

けれど、ぜんぶがそうではないものの、特別な素質《そしつ》を持って生まれた子が、このなかにいる。それもかなりの確率《かくりつ》で。

みんな同じ大きさの兄弟姉妹のなか、ベージュ色の子だけが極端《きょくたん》に小さい。いちばん小さいのに、態度《たいど》はいちばんでかい。

七匹《ひき》の子犬が映《うつ》しだされたモニターを見ながら、男の人が口をひらく。この人はブライアン。

「あの小さい子、体重は量ってみたかい？」

「まだです」

クリスティーンが答えた。子犬の育成に関わっている女性《じょせい》だ。

「あの子、信じられないほど、たくさんのお乳《ちち》を飲むの」

ブライアンが見ていると、いちばん小さい子犬が兄弟姉妹をおしのけて、母犬のお乳《ちち》めざしてまっしぐらに進んでいった。いちばん飲みやすい場所を見つけると、勢《いきお》いよくおっぱいをすいだす。

ブライアンは笑いだし、モニターにむかってこういった。

「いいぞ、いいぞ。きみは心配いらないな」

「まあ、ようすを見ていきましょう」とクリスティーン。

ふたりといっしょにモニターをのぞきながら、ノートにメモをとっている少年がいる。

この子は、十三歳《さい》のジョーダン。この子犬たちが生まれてから、ずっと観察を続けている。

どれだけ見ていてもあきないらしい。じつはジョーダンには、今年の夏、大仕事が待っている。世界や国の将来《しょうらい》を担《にな》う若《わか》いリーダーを育てるセミナーの会場で、大勢《おおぜい》の人たちを前に、自分のとりくんでいる活動についてスピーチをするのだ。本当ならやりたくないと、ジョーダンは思っている。でも選ばれてしまったのだからしかたない。

「名誉《めいよ》なことじゃないの」

母親にいわれて、ジョーダンはこういいかえした。

「だれかにお金をはらって、ぼくのかわりにやってほしいぐらいだ」

その日が来ることを考えただけで緊張《きんちょう》して気分が悪くなり、のどのあたりが苦しくなってくる。

ジョーダンはメモをとっていく。

いちばん小さいのはガッツを見せている。

早くもみんなをおしのけて、ぐいぐい前へ進んでいく。

だれかが助けてくれるまで待つ、なんてことはしない。

これはいいのか、悪いのか。どっちにも転がることをジョーダンは知っている。

よくいえば――、

この子は、どうすれば自分の欲求《よっきゅう》を満たせるか、わかっている。
悪くいえば――、
この子は、かなり意地っ張《ば》りかもしれない。

こんなふうに、ジョーダンはずっと観察を続けている。毎日放課後になると、ここに来て、子犬たちの成長を見守っているのだ。
子犬たちはもう目があいている。耳もひらいている。

この子たちはいま、何を感じている？
見えるようになった目で？
きこえるようになった耳で？

いまはまだ、はっきりしたことはわからない。
はたして、ものになるのはどの子か？
おちこぼれるのは？
自分の勘《かん》が当たるかどうか、結果が楽しみでならない。
子犬たちを見ながら、ジョーダンの顔がほころんでくる。

みんな、あっちへよたよた、こっちへよろよろ。歩きまわりながら、からだをぶつけあっている。

そこでジョーダンはいすをモニターに近づけた。

近づけば、ちゃんと見える。

これだけ見えれば、だいじょうぶ。

オリーブ

親愛なる時間さんへ

あなたはわたしと、仲よしだと思ってた。
なのに、むきになって追いかけてくるときがある。
わからない。一日はいつだって同じ二十四時間のはずなのに、
あっというまに過《す》ぎてしまう日もあれば、一日が一か月に感じられるような日もある。
わたしには、追いかけたい夢《ゆめ》がいくつもあるのに、

あなたに無理やり、未来へひっぱっていかれる。

そうかと思えば、過去《かこ》へひきもどされて、
もう終わってしまったことを、くよくよ考えることになる。

いつまでも記憶《きおく》に残る、強い思い出と、
なんの意味もなかったように、あっさり消えてしまう思い出があるのはどうして？

一日の最後の授業《じゅぎょう》時間はどうして時間の進みが遅《おそ》いの？

テストの答えを、終わってから二日後に思いつくのはなぜ？

どうして、この世で過《す》ごせる時間が多い人と少ない人がいるの？

なぜ花は、雑草《ざっそう》よりも命が短いの？

今月だけでいいから、時間の進みを遅《おそ》くしてもらえない？

そうすれば、自分の家で、もっと長く過《す》ごせるし、友だちとも長い時間いっしょにいられる。

あなたは時間なんだから、できるはず。そうでしょ？

あなたは永遠《えいえん》に続く。

わたしには、永遠《えいえん》にしがみついていたい時間がある。

——元六年生、オリーブ・ハドソン

人の夢《ゆめ》は状況《じょうきょう》に合わせて変化する。

それをわたしはずいぶん早くに知った。

ポケットから青い紙をひっぱりだして、いまの夢《ゆめ》を書いてみる。


どこへでも連れていける小さな犬がほしい。

逃《に》げださない犬。

おばかさんじゃない犬。

すでにしつけはすませてある犬。でないと、家のなかがふんだらけになって、モーディーがキレてしまうから。


モーディーというのは、わたしの姉だ。背《せ》がものすごく高くて、正確《せいかく》にいうと身長一九一・一センチ。こんなに背《せ》が高い女の人を見たのは初めてだった。

そうだ、もうひとつあった。わたしは青い紙のしわをのばして書きくわえる。


永遠《えいえん》にわたしを愛してくれる犬。

なぜ永遠《えいえん》か。これにはわけがあった。

わたしはいま、ミセス・バーンストーマーのキッチンで、ヒヤシンスとむきあっている。ヒヤシンスはニュージャージー州でもっともあまやかされた犬。毎日このヒヤシンスの相手をするのがわたしの仕事で、もらったお金は、いつか自分で犬を飼《か》えるようになるためにためている。すでにリード、首輪、飲み水を入れるボウル、ゴリラの形の、犬がかんで遊べるおもちゃ二個《こ》を買ってある。

いつか、いつかと、待っているだけじゃ、夢《ゆめ》は実現《じつげん》しない。手につかんで、「ぜったい実現《じつげん》する！」とさけべるような、夢《ゆめ》に直結するものを持たなくちゃいけないのだ。

ヒヤシンスの相手をするのも今年で最後。もっとたくさんのことをしてあげたかったな。でもヒヤシンスがそうはさせない。「老犬には新しい芸を覚えさせられない」というむかしからのいいつたえどおりだ。わたしのパパはヒヤシンスを「がんこもの」と呼《よ》んでいた。それはつまり、自分が動こうと思わないかぎり、ぜったいに動かないということ。

ぜったいにここから動きたくない。その気持ちはわたしにもよくわかる。

冷蔵庫《れいぞうこ》に行って、ヒヤシンス用の特別なごはんを持ってくる。本物のサーロインステーキを細切《こまぎ》れにしたもので、ヒヤシンスはあまやかされているので、人間の手で食べさせてもらうのが当然だと思っている。口の前で、ほらほらとステーキの細切《こまぎ》れをふってやっても、ヒヤシンスは、ただじっと見ているだけ。それでわたしは声を低くして、大人の口調でいってやる。

「ひとりで食べられるわね」

ヒヤシンスは待っている。

「ほら。自分で食べていけるっていうのは、生きる上で大事なことだよ。ちゃんと食べていれば落ちこむこともない。食べることをおろそかにしちゃいけないの」

そういって、ステーキを自分でひと口かじってみる。うわ、おいしい。

ヒヤシンスがウーッとうなり声をあげたので、ステーキをヒヤシンスのきらきらした餌《えさ》入れに投げ入れ、「千里の道も一歩から（小さなことの積み重ねで大きなことをなしとげる、という意味）」といってやる。

この言葉は先月、ふたりして引っ越《こ》しをしなきゃいけないとわかったときに、モーディーがポスターをつくって、そこに書いたものだった。といっても、これはことわざで、モーディーが考えだした言葉じゃない。そのポスターには、わたしたち姉妹と思われる、背高《せいたか》のっぽの女の子と小さい女の子が、長くのびる道路の手前に立ち、どうどうたる一歩を踏《ふ》みだしている絵が描《か》かれていた。姉は才能豊《さいのうゆた》かなアーティストだ。こんなものを見せられたら、だれだってその気になって、実際《じっさい》に一歩を踏《ふ》みださなきゃいけなくなる。

ヒヤシンスはすわったままじっとしている。その首を、気持ちよくなるとわかっているやり方でなでてやる。

「明日は新しい人が来るからね。わたしはお姉さんと引っ越《こ》さないといけないんだ――」

ポタッ、ポタッ。水音がする。

見ればキッチンの蛇口《じゃぐち》から水がもれていた。わたしは腰《こし》にぶらさげているパパの万能《ばんのう》ツールに手をのばした。

まず蛇口《じゃぐち》の取っ手をまわしてはずす。それからペンチの先を広げて、ゆるんだナットをはさみ、キュッとしめる。また取っ手をまわして取りつけると、水もれがとまった。

こんなふうに、何かを直すのが、わたしは好き。

このやり方はパパから習った。パパは水道屋さん。正確《せいかく》には、配管工という。

六か月前にパパが死んだ。それでわたしは姉のモーディーといっしょに暮《く》らすことになった。モーディーと初めて会ったのは、パパが亡《な》くなる二週間前。だからわたしたちは、まだ姉妹になってまもない。

パパが亡《な》くなったあと、次から次へお金の問題が持ちあがった。パパのお客さんが破産《はさん》して、一年分の仕事の代金が支払《しはら》われなくなるとわかったのが始まりだった。

モーディーは自分の車を売らないといけなくなった。

さらに家を売らないといけなくなった。

でもモーディーはグラフィックデザイナーとして新しい仕事を見つけた。スリー・ブリッジという町にあるだれも名前をきいたことのない広告会社《こうこくがいしゃ》。同じニュージャージー州にあっても、その会社に行くには、ここから車で数時間かかる。

「いい仕事よ。給付金やいろんな手当ももらえて、健康保険《けんこうほけん》にも入れるの。これできっとわたしたちの生活を立てなおせる」

モーディーはそういった。

わたしは青い紙に目を落とし、「永遠《えいえん》にわたしを愛してくれる犬」の下に、さらに書きくわえる。


この夢《ゆめ》は、かなえたいと思ってから、もう十九か月もたっている‼


最後にエクスクラメーションマークをふたつつけた。六年生のときの国語の先生、ミセス・コックスには、あなたたちの世代はエクスクラメーションマークをみだりにつかいすぎるといわれた。つまり、強調のために最後にくっつける、あのビックリマークだ。

そのときわたしは、先生にこういった。

「ビックリマークなしには、わたしたちの世代はやっていけないと思います」

すると先生はふきだした。

それはさておき、わたしがいいたいのは――


一匹《ぴき》の犬。

ひとりの女の子。

ずっといっしょに生きていく。

それって、どれだけ難《むずか》しい？

OH《オーッ》！


最後のO《オー》・H《エイチ》はわたしの名前、オリーブ・ハドソン（Olive Hudson）のイニシャル。

紙を折ってポケットにしまった。ヒヤシンスがじっとこっちを見ている。

「じゃあね、もっと力になってあげられたら、よかったんだけど」

家の裏口《うらぐら》から出ていきながら、パパがいっていたことを思いだした。

〝人生はいつも思い通りになるわけじゃなく、期待はずれのこともある。それでも胸《むね》おどる冒険《ぼうけん》にはちがいない〟

この瞬間《しゅんかん》――六月二十一日午後一時四十三分――わたしの胸《むね》はまったくおどっていない。

3 いちばん小さい子

まるで時間を早送りしたビデオを見ているように、子犬はみるみる成長していく。生まれて三週間もすると、みんな立ちあがろうとするものの、うしろ脚《あし》をどうしたらいいのか、よくわかっていない。

いちばん小さい子は上手にバランスをとっている。最初に立ちあがったのがこの子で、そのまま倒《たお》れずにいる。立ちあがった瞬間《しゅんかん》、自分におどろいているようだった。ほかの子犬たちも立ちあがろうとするけれど、だいたい倒《たお》れてしまう。

そこでジョーダンはノートに書きとめておく。

よし！　この子がリーダー。

そのうち子犬たちはすわったり、歩きまわったりするようになる。ただし、あっちですってん、こっちでころり。歩くというより、転がるといったほうがいい。

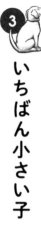

それに子犬たちは鳴く。あちこち歩いていきながら、何度も何度もかん高い声をあげる。スピーカーからいろんな音が流れてくるからで、どの音も子犬たちが初めて耳にするものだった。

車のクラクション。

エンジン。

サイレン。

雷《かみなり》。

赤ちゃんの泣き声。

流れてくる音に、おどろく子犬がいる。おどろかない子犬もいる。

いちばん小さい子は、何があっても気をとられない。

雷《かみなり》の音を鳴らしたら？

もくもくと食べつづけている。

サイレンの音は？　トラックの轟音《ごうおん》は？　飛行機の離陸音《りりくおん》は？

どんな音がきこえてきても、そのへんに転がっているおもちゃをとっかえひっかえして、遊びに熱中している。

こんなに集中力のある子犬がいるなんて。

心配なのは体格《たいかく》だ。あまりに小さいと、仕事はできない。

がんばれ、おちびちゃん！　大きくなるんだぞ！

ジョーダンは心のなかで応援《おうえん》した。

4 記憶《きおく》

「オリーブ！　いったい何をやってるの？」

モーディーが大声でわたしを呼《よ》んだ。

何って、からっぽの家に、さよならをしている……といえばいいのかな。

わたしはパパの部屋に立っている。なんだかここに、パパをおきざりにするような気がしてならない。

この部屋に入るのはしばらくぶりだった。自分のとなりにパパが立っていることを想像《そうぞう》する。配管工がはく、あのポケットがいっぱいついた作業ズボンを身につけ、誕生日《たんじょうび》にわたしがあげたTシャツを着ている。Tシャツにはこんな文句《もんく》がプリントされている。

おまえ、トイレに何流したんだ？

配管工ならたいていそうだけど、パパもおもしろいジョークが大好きだった。もしだれかに助言を求められたら、ジョークのわからない配管工は、やとわないほうがいいと教えてあげよう。

パパのことで思いだしたことを紙に書きだすといいと、カウンセラーのテスからいわれている。あとでわすれずに書いておこう。

「オリーブ？」

またモーディーが呼《よ》ぶ。

「荷づくりしてるんだよ」

わたしがいうと、モーディーが大声をはりあげた。

「持っていったって、もうおくところがないから！」

わたしは箱のふたに文字を書き入れる。

〝デイキャンプ――最重要！！！！！！！！〟

デイキャンプというと、昼間だけ行って帰ってくると思われるけど、そうじゃない。わたしはまるまる一週間行っていた。たいせつな人を亡《な》くした子どもたちのキャンプだった。行くことになったのは、モーディーに勧《すす》められたから。

「自分じゃあ、どうしていいかわからないとき、外に助けを求めるのが、わたしのやり方なの」

モーディーが初めてうちにやってきたとき、わたしはおばあちゃんといっしょだった。パパが病院を出たり入ったりしているあいだ、おばあちゃんがプレザントストリートにあるわが家に泊《と》まりに来ていたからだ。おばあちゃんは腰《こし》が悪くて階段《かいだん》をあがれないので、リビングのソファで眠《ねむ》っていた。

「うちは少人数の家族だけど、元気はあふれるほどいっぱいよ」

おばあちゃんはよくわたしにそういった。

うちの前に赤い車がとまって、まじめな顔をした、背《せ》のうんと高い女の人が飛びだしてきたとき、ああこの人だって、わかった。

窓《まど》から外を見ていたおばあちゃんは、少しでも歩くと痛《いた》いはずなのに、歩行器をおしながら玄関《げんかん》まで出ていった。ドアをあけるなり、おばあちゃんはモーディーを何度も抱《だ》きしめた。

「遅《おそ》くなってごめんなさい、おばあちゃん。ほんとうにごめんなさい！」

モーディーはひたすらあやまっている。

「とうとう来たわね」とおばあちゃん。

モーディーがわたしのほうへ歩いてきて、握手《あくしゅ》をしようと手をさしだす。

「あなたがオリーブね。わたしはあなたのお姉さん」

モーディーの顔をあおぎ見て、わたしはいった。

「冗談《じょうだん》ですよね」

するとモーディーが大笑いした。

そんなところに、わたしはたちまちひかれた。

「あのね、わたし、ずっと妹がほしかったの」

わたしのほうは、ずっとお姉さんがほしかった。でも、そういうことをいいあって姉妹になるのは、なんだかおかしい気がした。それでわたしはこういった。

「よかった」

どこかに、お姉ちゃんがいるってことは、ずっとむかしから知っていた。パパの棚《たな》の上にモーディーの写真がかざってあったから。わたしと同じ黒い髪《かみ》の毛で、美術《びじゅつ》が得意《とくい》だという。なぜだかわからないけれど、パパがモーディーのことを心配しているのも知っていた。モーディーはパパの最初の結婚《けっこん》でできた娘《むすめ》で、誕生日《たんじょうび》は四月十六日。わたしより十六歳《さい》年上だ。

でも、わたしがパパのもとで成長しているあいだ、モーディーがどこにいるのかは、まったく知らなかった。

モーディーが現《あらわ》れたのは、パパがガンになってから。お医者さんたちはあらゆる手をつくしてパパを回復《かいふく》させようとしてくれて、わたしはヘリウムふうせんのように、希望を大きくふくらませた。ママがガンになったけれど、克服《こくふく》したっていう子をふたり知っている。めずらしいことじゃない。

モーディーにはこういわれた。

「わたしたちは、おたがいのことをよく知らない。でも大変なことが起きているいまは、いっしょに力を合わせて乗り切らなくちゃいけない。わかるよね？」

「わかる」

なんだかわたしのからだに、モーディーの強さが乗りうつったような気分になった。

モーディーはパパの病室に、太陽にとどきそうなヒマワリの絵を描《か》いてかざった。いろんな色の紙をおかしな形に切り抜《ぬ》いて、ポスターボードにぜんぶはりつけて、パパのベッドの横に立てかけた。それをおもしろがって、べつの階の看護師《かんごし》さんたちが、見に来たりもした。

モーディーは、すその長いシャツにレギンスを合わせ、ふわふわのふさかざりがついたスカーフを巻《ま》いていた。

ニットの帽子《ぼうし》をかぶって、てっぺんについた鈴《すず》を顔の前にたらしていることもある。

首をふると、つけているイヤリングがぴょんぴょん飛び跳《は》ねた。

そしてモーディーは、最高においしいピザをつくる。

どんな部屋に入ってきても、一瞬《いっしゅん》でふんいきをがらりと変えてしまう人がいる。パパがそういっていたように、モーディーがやってくると、とたんに病院が元気になる。ブーツをカツカツ鳴らして軍人さんのように歩くモーディー。モーディーの武器《ぶき》は、色と絵と音楽だ。

そう、モーディーはギターを持ってきていた。

「オリーブも弾《ひ》くのよね？」

「でもずっと弾《ひ》いてない」

「ギター、持っといでよ。わたしたちには音楽が必要よ！」

モーディーのギターと合わせるために、チューニングするのがまずひと苦労。モーディーがG《ゲー》のコードをおさえて、ジャーンとかきならした。

「これ、知ってるんじゃない？」

そういうと、パパの好きなおかしな曲を歌いだした。わたしもパパに教えてもらったから、すぐいっしょにギターを弾《ひ》いて歌いだした。

♪耳からなみだがボタボタリン
　だって　あおむけに寝《ね》てるから
　　きみを思い　ベッドでぼくは泣いている

「もっと速く！」

モーディーがさけび、わたしは必死についていく。

もっと速く。

「ヘリウムをすっちゃったみたいに！」

モーディーがかん高い声を出して早口で歌う。

ふたりとも笑いながら歌ってる。

モーディーがさけぶ。

「フィニッシュを決めろ！」

同じことをパパがよくいっていた。曲のスピードを落として、ためにためて、最後にありったけの力をふりしぼって弾《ひ》くのだ。わたしはモーディーのギターに必死になってついていく。わたしの歌うメロディーに合わせ、モーディーはコーラスをしてハーモニーをつくりだす。

病院にもギターを持ちこんで、ふたりでパパのために演奏《えんそう》した。パパもいっしょになって歌えそうな感じだった。実際《じっさい》、右足で力強くリズムをきざんで、声をあげて笑っていた。パパの笑い声をきけるのは、ほんとうにうれしかった！

きっとモーディーは、パパのからだからガンを追いだせると、わたしは信じた。

でも、そうはならなかった。

パパのお葬式《そうしき》から三日後、わたしは家の正面の窓辺《まどべ》にすわって、わんわん泣いた。おなかが痛《いた》くなるくらい激《はげ》しく。

「ねえ、おたがいのことをもっと知るっていうのはどう？」

モーディーは笑顔でそういった。

「オリーブの大好きな場所に連れてってよ。オリーブが楽しいと思う場所に。そうしたら、わたしもお気に入りの場所に連れていってあげる」

わたしはリストをつくった。

どこがいいだろう？　わたしはリストをつくった。

●小さなころから、いつも自転車で渡《わた》っている橋
●とびっきりおいしいアイスクリームが食べられるフランシーンの店
●図書館
●グロリアのペットショップ

リストのいいところは、まるで頭を割《わ》って中身をとりだすみたいに、いちばんいい答えがすぐ見つかるところだ。

「動物の里親を募集《ぼしゅう》しているセンターに行って、犬を見る」

わたしはモーディーにいった。

とちゅう、安売りの雑貨《ざっか》屋さんによってタオルを三枚《まい》買った。センターでは、タオルはいくらあってもたりないから。

着いてみると、いつもの親切なガードマンがいた。

「久《ひさ》しぶりですね」

声をかけられたので、わたしはタオルをわたした。

「助かりますよ、お嬢《じょう》さん」

それから犬を見に、なかに入った。種類も大きさもさまざまな犬たち。年とった犬もいれば、子犬もいる。楽しい。楽しいけど、悲しい。あのデイキャンプで、亡《な》くなった大好きな人について、みんなで話をしたときと同じだ。

奇跡《きせき》のようにすばらしい、ふわふわの毛の生き物。見ているだけで楽しい。

悲しいのは、ここにいるすべての犬に、落ち着き先が見つかるわけじゃないってこと。

わたしとモーディーはドーラという名前の犬と遊んでいて、この子からなかなか離《はな》れられなかった。それからクマみたいに大きなオスカーという犬をなでに行った。オスカーは考え深そうな黒い目をしていた。

わたしはモーディーにいった。

「こういう子たちといつもいっしょにいられたらいいな。自分の家にドッグランがあれば、いつでも好きなだけ犬を走らせておけるのに」

自宅《じたく》の敷地《しきち》の、そこらじゅうで犬が走りまわっている光景を想像《そうぞう》したのか、モーディーの顔が不安にくもった。

「でも、飼《か》うのは一匹《ぴき》でいいんだ」

わたしはそういって、モーディーを安心させた。わたしが両腕《りょううで》をぱっとあげると、それに応《こた》えて数匹《ひき》の犬がワンワンとほえだす。

「オリーブ、すごいね」

「みんなわたしが犬好きだってわかってるの。パパと毎週ここに来てたんだ」

次はモーディーの番。ダイソン・ギャラリーっていう、森のなかの小さな美術館《びじゅつかん》に連れていってくれた。

「ミセス・ダイソンはわたしの習った美術《びじゅつ》の先生。数年前に亡《な》くなってね、先生の娘《むすめ》さんたちが、お母さんのためにこの美術館《びじゅつかん》を建てたの」

入り口にミセス・ダイソンの肖像画《しょうぞうが》があって、そこに「ご自由にお入りください、入場無料」と書いてある。

わたしはたちまちこの場所が好きになった。壁《かべ》が、うすいピンク、バラ色、まぶしい白、青みがかった灰色《はいいろ》と、ぜんぶちがう色にぬりわけてある。ここにあるものはすべて、ミセス・ダイソンの家族にとって特別なものだとわかる。

「部屋から部屋へ、流れるようにつながっているでしょ？」

モーディーがいった。ふたりで階段《かいだん》をあがって天窓《てんまど》のある屋根裏《やねうら》まで行く。そこは日差しがさんさんと降《ふ》りそそいでいて、壁《かべ》にずらりとかざられた大きな絵は、どれも幸せいっぱいだった。わたしがいちばん気に入ったのは、日陰《ひかげ》にある庭の絵。

「見て、オリーブ、フェンスの近くに描《えが》かれている花。あそこに赤をおいているでしょ？」

わたしはうなずいた。

「あの赤は見る人の目をひきつける役目をしている。あの絵を描《か》いているとき、ダイソン先生がそう教えてくれたの。どんな絵にも、そういう、人の目をひきつける部分が必要なんだって」

部屋から部屋をめぐり歩くあいだ、モーディーはずっとまぶしい笑顔だった。ミセス・ダイソンの娘《むすめ》さんたちが、お母さんのために、これだけのことをした。そう思ったら、わたしも何かやりたくなった。

パパのために何ができるだろう。

「配管工の博物館をつくっても、あんまり人は入らないよね」

モーディーにいうと、大笑いされた。

「それはそうね。でもパパのことはずっと思っててあげて」

5 ルーミー

今日は子犬たちに名前をつける。

北東盲導犬《もうどうけん》センターでは重大な日だ。

この子たちはL《エル》組だから、みんなL《エル》の文字で始まる名前でないといけない。盲導犬《もうどうけん》の育成のために寄付《きふ》をした人々《ひとびと》から、いろいろな案が集まっていた。なかには、ロラパルーザとか、リンカーンシャーなんていう、発音しにくくて舌《した》をかみそうな名前まで。

ブライアンがジョーダンに教える。

「犬に名前をつけるときは、大声で名を呼《よ》んだときの、響《ひび》きを想像《そうぞう》するといい」

ロラパルーザじゃ、大声でどなれない。

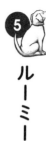

ロラパルーザとリンカーンシャーのふたつは、クリスティーンが×をつけて候補《こうほ》からはずした。
そうやってみんなでひとつひとつ選んでいき、六匹《ぴき》の名前が決まった。
ライトニング
リンカーン
レオ
レビ
ローラ
ルーシー
いちばん小さい子はまだ決まっていない。ジョーダンは不安になる。まさか、あの子だけ、盲導犬候補《もうどうけんこうほ》からはずされて、パピーウォーカーにはあずけない、なんてことにはなりませんように。パピーウォーカーというのは、盲導犬候補《もうどうけんこうほ》の子犬を自宅《じたく》にむかえ、約十か月間育てるボランティアだ。ジョーダンもこのパピーウォーカーとして、母親とともにこ三年で二匹《ひき》の子犬を育てていた。
この仕事は中途半端《ちゅうとはんぱ》な気持ちじゃできないことをジョーダンは知っている。それに、子犬を育てる経験《けいけん》は想像《そうぞう》以上に価値《かち》があることも。それをジョーダンはみんなにいってまわっている。

「さて、いよいよおちびちゃんの番ね」

クリスティーンはホワイトボードに〝ルミナ〟と書いた。

「これは〝光〟という意味」

ジョーダンとブライアンが気に入ったらしく、笑顔になった。ジョーダンはもっといい名前が浮《う》かんだらしく、ぱっと手をあげた。

「ルーミーっていうのは？」

みんなの顔がかがやいた！

クリスティーンが「ルーミー」を名前の候補《こうほ》リストに加えた。

このルーミーを自分で育てられたら、どんなにいいだろう。そう思っても、ジョーダンは口にはしない。今年自分には、パピーウォーカー以外にがんばることがあった。

ジョーダンは子犬たちの遊んでいる部屋にもどった。子犬たちは、名前と自分の結びつきをわかっていない。自分はルーミーなんだと、これから覚えていくのだ。

実社会に出て、いろんな名前が呼《よ》ばれるのを耳にしながら、そのなかで自分の名前をききわけられないといけない。パピーウォーカーが名前を呼《よ》んだら、自分が呼《よ》ばれているのだとわかるように、子犬のうちに学ばせる。盲導犬《もうどうけん》になるための訓練がすべて完了《かんりょう》すれば、自分が助けなければならない目の不自由な人に、これから何度も名前で呼《よ》ばれることになるからだ。

これからの二週間は、ルーミーが、母犬やきょうだい犬と過《す》ごす最後のひとときになる。けれどルーミーはそれを知らず、まるでこういう時間が永遠《えいえん》に続くと思っているようで、家族といっしょにむじゃきに走りまわって遊んでいる。

ルーミーのパピーウォーカーは、カーラという高校二年生の女子に決まっていた。カーラはいま、弟のバドに、自分の部屋に子犬が入ってきても危《あぶ》なくないよう、片《かた》づけさせている最中だ。それがパピーウォーカーの義務《ぎむ》だった。

「その点は家族全員が承知《しょうち》していて、弟にもいってあります。床《ゆか》にものをおいちゃだめ。やってきたばかりの子犬を危険《きけん》な目にあわせることになるからって」

カーラはジョーダンにそういっていた。

弟のバドにとってみれば、これは災難《さいなん》だった。なぜなら、床《ゆか》においてあるのは、たいていバドのものだったから。

「ちらかりすぎて、床《ゆか》の敷物《しきもの》さえ見えないじゃない。どんな色だったっけ――緑？」

姉にそういわれても、バドはわからない。自分の部屋のすみにぬぎすててあった汚《よご》れ物をつまみあげ、床《ゆか》に目を落として判明《はんめい》した。

「青だ」

6 さよなら

今日はおばあちゃんの家に行ってきた。自分の家にもどったおばあちゃんは、生活に不便はないようだった。通いの看護師《かんごし》さんがいるし、階段《かいだん》ののぼりおりもしなくていい。わたしとモーディーがいっしょに暮《く》らすことになって、おばあちゃんはよろこんでいた。きっとパパもよろこんでるわよと、そういって。

「ロジャー、だからいってるじゃない！」

モーディーはいま電話で、婚約者《こんやくしゃ》的な人、ロジャーと話をしている。〝的な人〟といったのは、モーディーはまだ婚約《こんやく》指輪をしていないから。それに、ロジャーと話すときは、たいてい怒《おこ》っているか、悲しんでいるかだし。ふたりの先行きは明るくない。

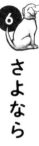

「だから、いってるじゃない」

モーディーの声はひきつっている。

「それはこれから、ふたりでなんとかしていきましょうって。ええ……わかってる……だけど……それって調子がよすぎるんじゃないの」

モーディーはべつの婚約者《こんやくしゃ》をさがしたほうがいいと思う。

わたしのほうは、親友のベッカとからっぽのリビングルームにすわって、ピザを食べながらゲームをやっている。マスの書かれたボードにアルファベットの文字をおいて言葉をつくる遊びで、いまのところベッカが三点だけ優勢《ゆうせい》だった。わたしが引っ越《こ》すというのでベッカはひどく動揺《どうよう》して、ボードの上に気がめいる言葉ばかりをつくっている。

SAD（悲しい）
BAD（悪い）
LOSS（失うこと）

そのきわめつけがMISERY《ミザリー》（悲惨《ひさん》）で、M《エム》とY《ワイ》は得点《とくてん》が三倍になるマスにおかれている。

わたしはそのY《ワイ》に続けて、YAY《イエイ》（やったあ！）という言葉をつくった。歓声《かんせい》をあげたい気分じゃないけれど、その言葉だと合計28点がもらえる。

ベッカは鼻をクスンといわせて、YAY《イエイ》のA《エー》に続けてAARGH《アー》（ああ、いやだ）という言葉をつくった。

わたしの手もとに残った文字は、Z《ゼット》とQ《キュー》だけ。

ベッカの勝ちだ。

ふたりでキャラメルコーンとカップケーキを食べたあと、ベッカはわたしにカードをくれた。

「オリーブのためにつくったんだ」といって、わたしてくれたカードの表紙にはこんな言葉が書かれていた。

幼稚園《ようちえん》時代からの友だち
永遠《えいえん》の親友へ

ひらいてみると、カードのなかにはいろんな年齢《ねんれい》のわたしたちの写真がはってあって、どれも、おたがいの肩《かた》に腕《うで》をまわして写っていた。

「いろんなことがあったよね、オリーブ」

わたしはうなずいた。四年生のとき、ベッカの両親が離婚《りこん》して、それから四週間、ベッカはうちで暮《く》らした。パパのお葬式《そうしき》では、ふたりいっしょに手をそえて、パパのお墓《はか》に花をそなえた。

いまはふたり、すわったまままだまっている。じきにベッカのお母さんがむかえにくる。

「いつだって、永遠《えいえん》の友だちだよ」

ベッカがクスンとはなをすすっていう。わたしもはなをすすった。

ベッカが玄関《げんかん》先の階段《かいだん》をおりていくのを見送る。

なんだかもう強がっているのはうんざりだ。

すると、二階から、モーディーがギターをチューニングする音がきこえてきた。

「オリーブ！　新しい歌をやろう！」

モーディーが大声でいう。

「ほらほら、オリーブ！」

下へおりてきたモーディーが、ギターを持ってリビングルームに入っていく。

わたしも自分のギターをケースから出して、モーディーのギターに合わせてチューニングする。

一弦《げん》から ミ、シ、ソ、レ、ラ、ミの順に、それぞれの弦《げん》の音を合わせていく。

「それぐらいでいいよ。さあ始めよう。わたしが最初に弾《ひ》いて歌うから、その先をオリーブが続けて。頭に浮《う》かんだメロディーと歌詞《かし》、なんでもいいからね。じゃあ、行くよ」

　♪残念だけどわたしたち　ここを出なくちゃいけないの

わたしの番だ。えっと……。G《ジー》のコードを弾《ひ》いて歌う。

　♪わかってる

モーディーはA《エー》マイナーのコードを奏《かな》で、フォーフィンガー（小指をのぞく四本指で弾《ひ》く奏法《そうほう》）で弾《ひ》く。

♪つらい思いをさせちゃうね

わたしはうなずき、B《ビー》フラットのコードをおさえて歌う。

♪わかってる

モーディー：♪引っ越《こ》さないですむように　わたしがなんとかできたら　よかったのに

わたし：♪そうだね　ほんとうに　そおおおおおおお――

わたしが「お」をずっと長くのばしているので、モーディーが笑った。モーディーはG《ジー》とC《シー》のコードの組み合わせで歌う。

♪とってもたよりになる　あなた　あなたがいれば　だいじょうぶ

わたしは笑顔になって、A《エー》マイナーからB《ビー》フラットへコードを変える。

♪そう　わたしはだいじょうぶ

モーディーがF《エフ》のコードを弾《ひ》いて歌う。

♪ほんとうなんだ　だから　これから　よろしくね

プレザントストリートで過《す》ごす最後の夜は、頭のなかで響《ひび》いている歌をききながらずっと起きていた。いつのまにか眠《ねむ》っていて、はっと目が覚めたときにも、歌は響《ひび》いていた。

窓《まど》から日差しがさしこんでいる。何か新しいことを始めるときに、パパが決まってつくっていた、おかしなリストのことを思いだした。パパはこういっていた。

「いつでも、まず自分がいま持っているものを思いだすんだ。それを書きだして、チェックを入れていく」

持っているものといっても、それはお財布《さいふ》とかスマートフォンとか、家の鍵《かぎ》なんかではなかった。

ノートをとりだして、書いてみる。

☑勇気
☑知力
☑人としての魅力《みりょく》
□希望

モーディーとの生活に希望は持っているけれど、新しい場所で一からやりなおすことについては、希望なんて……。

□希望

うーん、どうだろう……。

まあ、半分ってとこかな。わたしは1／2と書いた。

いや、多すぎる。

1／2を×で消して、1／3と書く。

それから、家のなかの階段《かいだん》をおりていく。これまで数え切れないくらいおりた階段《かいだん》を。

玄関《げんかん》のドアをぬける。そこ以外にわたしが暮《く》らしたことのない、わが家から外に出る。

バンにはもう荷物が積んであった。パパの仕事用のバンで、横腹《よこばら》には、「どんな水道のトラブルでも、ジョー・ハドソンにお電話を」と書いてある。ガレージからパパの道具をひきずってきて、バンのうしろにおしこんだ。

モーディーはバンによりかかり、目を閉《と》じてスマートフォンを耳にあてている。

「ロジャー、わたしは賛成《さんせい》できない。だいたいそれってフェアじゃない……そう、わたしがいいたいのはそれ」

ききながら、うん、うんと、わたしはうなずいている。モーディーの気持ちがわかるような気がする。わたしがロジャーに一度会った感触《かんしょく》では、たしかにモーディーがいうとおりの人だ。つまり、フェアじゃないのだ。

ロジャーもパパのお葬式《そうしき》に来たけれど、それでモーディーが少しでもなぐさめられたとは思えない。「ちゃんと話をしなくちゃいけない」と、ロジャーはそればかりいっていた。

それにロジャーはその日、わたしにこんなことをいったのだ。

「で、きみはだれと暮《く》らすつもり？」

そのときは、まだきちんと決めてはいなかったので、「わからない」といった。

するとロジャーは冷ややかな青い目で、わたしの顔をじっと見た。

「しっかりたしかめたほうがいいよ。相手がほんとうに自分といっしょに暮《く》らしたいと思っているのかどうか。そうじゃないと……おそろしく不幸な人生を送ることになる」

それだけいって、歩みさった。

ロジャーのいったことはだれにも話していないけれど、日記には書いておいた。日づけと時間も記して。日記には、人からいわれた、うれしい言葉も書いてある。


きみのパパはりっぱな人だ。

きみのパパのおかげで、みんな助かってる。

きみのパパは見て見ぬふりはしない。


同じ日、ロジャーが帰ったあと、いとこのジーナにこんなことをきかれた。

「みなしごになるって、どんな気分？」

わたしは答えなかった。答えられない。ジーナの母親、シールおばさんもお葬式《そうしき》に来ていた。シールおばさんはママの姉で、パパとおばさんはまったく気が合わなかった。一度パパにいわれた。

「シールおばさんは、おまえのママが医者みたいな人間と結婚《けっこん》するべきだったって、そう思ってるんだ。配管工じゃなくてね」

シールおばさんとジーナには、この先もう会わないですむからせいせいする！

モーディーはもうバンに乗っていたけれど、顔は笑っていない。わたしも乗りこんだ。

「じゃあ、いいわね？」

モーディーにいわれて、わたしは肩《かた》をすくめた。

モーディーはマニュアル車の運転が大の苦手だった。いきなりギアを入れたらエンジンが悲鳴をあげた。

「まずはクラッチペダルをめいっぱい踏《ふ》む」

わたしはモーディーに教えた。

モーディーはいわれたとおりにする。

「そうしたら、足をそっとゆるめて、ガソリンをいくらか入れる」

「どうして知ってるの？」

「パパから教わった」

「あなたに、バンを運転させたの？」

「ちがうよ。パパはただ、車の動く仕組みをわたしに教えたかっただけ」

「次はどうすればいいのよ？」

半分どなるような感じでモーディーがきく。

——ほらオリーブ、よく見て、クラッチがつながったら、ここで初めて加速できるんだ。

パパに教わったとおり、モーディーにも教える。

モーディーがやってみる。

「もっとなめらかにいかないかな」

わたしがいうと、モーディーはハンドルをぎゅっとつかんだ。

「いいから、もうだまってて」

「わかった」

「あと何か、いっておくことはない？」

「ない」

7 生きていくのに必要

モーディーはだまって運転している。わたしはうとうとしてきて、モーディーがギアを変えたところで目が覚めた。

木々《きぎ》。見えるのはそれだけ。どこもかしこも木。

これじゃあ、ぜんぜんわからない。これから自分たちが、どういうところで暮《く》らすことになるのか。

モーディーのスマートフォンが鳴った。ロジャーからだ。モーディーはイヤホンに切り替《か》えて電話に出た。

ずっと相手の話をきいている……長い……まるでロジャーが電話のむこうで演説《えんぜつ》をしているみたい。

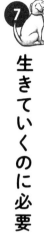

「さあ、どうかしら。とにかくわたしたち、しばらく離《はな》れていたほうがいいと思うの……そうよ……だから、そういってるじゃない」

そういったあと、またしばらく耳をかたむけている。スピーカーに切り替《か》えてくれればいいのに。そうしたら、いちいち話の内容《ないよう》を推測《すいそく》しなくてすむ。

「そう、もしあなたがそう感じているなら……」

これはどういう意味にもとれる。

「ロジャー、わたしはそんなふうには思えないわ」

いまの言葉はたぶん、モーディーのやさしさから出たにちがいない。そういうところが、モーディーのすばらしいところだって、ロジャーもわかっていいはずなのに。

電話は終わったみたい。できれば、ふたりの関係も終わってほしい。

モーディーがいう。

「まったくもう、あの人と話してると、むしゃくしゃしてくる！」

うんうんと、わたしはうなずいた。

「大人になりきれない男には近づいちゃだめよ、オリーブ」

わたしはまたうなずいたけれど、どういうことだかよくわからない。

車はさらに走りつづけ、どこまで行っても木しか見えない。

ふいに胸《むね》が苦しくなった。

心臓《しんぞう》が激《はげ》しく鼓動《こどう》する。

頭がくらくらしてきた。

ハッハッハッと呼吸《こきゅう》が短くとぎれる。

息はできる、だいじょうぶ、息は……。

「オリーブ？」

「おろして！」

モーディーが車をとめた。わたしは外に飛びだして、道路わきにひざをついた。

じきにおさまる。

——パニック発作は永遠《えいえん》に続くように思えるけど、そんなことはないの。

カウンセラーのテスに何度もいわれた。

両手をおわんの形にして口をふさぎ、そのなかで息をすったり、はいたりする。すって、はく。

なぜこうするといいのか、理由はわすれてしまったけれど、たしかにこうすると呼吸《こきゅう》が楽になる。

「オリーブ……？」

モーディーがわたしのとなりにひざをついた。

「平気だから」

「そうは見えない」

わたしはモーディーの顔を見た。疲《つか》れた顔をしているけれど、すごい美人だ。深く息をすって、ゆっくりはきだす。

だんだんと呼吸《こきゅう》がふつうにもどってきた。

「オリーブに何が必要なのか、これからふたりで見つけていこう。約束する」

モーディーがいった。

「わたしに必要なのは犬」

「待って、オリーブ。いまは無理。わかってるでしょ」

「小さな犬でいいの」

「それについては話し合ったでしょ！　なんでもかんでもいっぺんには無理。まずは引っ越《こ》し先で落ち着かないと」

「引っ越《こ》しとは関係ない。犬はわたしが生きていくのに必要なの」

自転車に乗ったふたりがとまって、わたしたちのようすをうかがう。

「だいじょうぶですか？」

男の人がきいた。

モーディーが「はい」という。

「わざわざとまってくださって、すみません」

ふたりはすぐには行かず、まだ心配している。

「ほんとうに、だいじょうぶですか？」

わたしは立ちあがって、だいじょうぶなところを見せた。

自転車のふたりは手をふって走り去った。

わたしたちはバンへ歩いていく。

〝どんな水道のトラブルでも、ジョー・ハドソンにお電話を〟

わたしはバンに書かれた「ジョー・ハドソン」の文字に片手《かたて》をおいて、泣かないようにする。

ママはわたしが二歳《さい》のときに死んだ。交通事故《じこ》だった。すごく小さかったから、ママのことはほとんど覚えていない。でもいつだって、ママがいなくてさみしいと思っていた。だれも知らないことだけど、まるで目の前に看板《かんばん》でもかけているみたいに、わたしはずっと長いこと、自分にいいきかせていた。

〝パパはいなくならない。何があっても〟

いまはその看板《かんばん》の文字が、こう変わっている……。

〝モーディーはいなくならない。ぜったいに〟

ようこそ、ニュージャージー州
スリー・ブリッジへ
あなたをおむかえできてうれしいです

モーディーが看板《かんばん》を見てにっこり笑った。

わたしは笑わない。窓《まど》の外を見てはいるものの、目には何も映《うつ》っていない。

ようこそ、何もない、わたしの新しい生活。

木々《きぎ》のあいだから、犬を数匹《ひき》散歩させている女の人が見えた気がした。

車が角を曲がったところで、わたしはきいた。

「犬、見なかった？」

「いいえ」

「みんな緑のベストを着けてたよ」

そういってうしろをふりかえったけど、見えるのは木々《きぎ》ばかりで犬の姿《すがた》はどこにもない。

「ベスト？」

「みんな同じ種類の犬だった」

「夢《ゆめ》を見てたんじゃないの。えーっと、そろそろ……かな……」

車はまた角を曲がって土の道に出た。その道を曲がると、似《に》たような家が数軒《すうけん》並《なら》ぶ、わき道に出た。

モーディーは道のわきに車をとめて、方角を確認《かくにん》する。

「水道屋さん！」

さけび声がして、女の人が両腕《りょううで》をふりながら、こちらにむかって走ってくる。わたしたちのバンをめざしているようだ。

「水道屋さん！」

モーディーとわたしは顔を見あわせた。わたしたちはパパの水道工事用のバンに乗っている。でも……。

「水道屋さん！」

女の人が、バンのわきに走ってきた。せっぱつまった顔をしている。

「二時間前に水道屋さんに電話して呼《よ》んだんだけど、まだ来ないの。キッチンが大変なことになってて。お願い、助けて！」

「わたしたち、配管工じゃないんです。これは父親のバンで」とモーディー。

「お父さんはどこ？」

正直に答えたところで、この女の人が、すんなり事実を受け入れられるとは思えない。

それでわたしはいった。

「わたし、少しですけど、父から配管の仕事を習いました」

「少しだってなんだって、ありがたいわ。助けてちょうだい」

バンからおりるわたしを見て、モーディーがいう。

「オリーブ」

わたしはバンのうしろにまわって、パパの配管工事の道具を見つけた。モーディーが、

「オリーブ」といって、わたしをわきにひっぱっていく。

「知らない人の家にあがりこむなんて、だめよ」

「それが配管工の仕事」

わたしがいうと、モーディーがいいかえした。

「あなたは配管工じゃない」

「急いで！」

女の人がどなった。ちょうどそのとき、警察《けいさつ》の車がそばを通ったので、わたしはとまってくれるよう手をふった。

女性《じょせい》の警察官《けいさつかん》が車をとめた。わたしは事情《じじょう》を説明する。

「知らない人の家にあがりこむのはまずいので、いっしょに来てもらえませんか？」

女性警官《じょせいけいかん》はわたしの顔をしげしげと見る。危険人物《きけんじんぶつ》かどうか、見極めているのだろう。

「あなた、年はいくつ？」と警官《けいかん》。

わたしはできるだけまともな人間に見えるようにする。

「十二歳《さい》」

大人っぽくきこえるよう、低い声でいった。

警官《けいかん》がけげんな顔になったので、わたしはさらにいいたす。

「年齢《ねんれい》のわりにしっかりしています」

「急いで！」

わたしを必要としている女の人がさけんだ。

警官《けいかん》が車からおり、片手《かたて》を銃《じゅう》の上において、家があるほうへ歩いていく。モーディーも警官《けいかん》といっしょに歩いていくなか、わたしは女の人のキッチンに飛びこんだ。蛇口《じゃぐち》から水が噴水《ふんすい》のように噴《ふ》きだして、そこらじゅうを水びたしにしていた。これはひどい。

「水の元栓《もとせん》は閉《し》めましたか？」

「それが……どうやっていいのか、わからなくて」

こういうことは、だれもが知っていなくちゃいけないと思ったけれど、いわずにおいた。

「わかりました。わたしがやってみます」

ひざをついてシンク下のとびらをあけ、パパの懐中電灯《かいちゅう》でなかを照らす。ほら、あった。

「見てください。ここに水をとめるバルブがあります。これを引き下ろせばいいんです」

水がとまった。

「まあ、すごい」

「まだ直ってはいませんよ」

蛇口《じゃぐち》が古くてさびついていた。

「新しい蛇口《じゃぐち》と水道管が必要です」

「直せるの？」

「はい、でもこの水道に合う、新しい蛇口《じゃぐち》は持ってきてないんです。もっとお力になれたら、よかったんですけど」

「これだけやってもらえれば十分よ」

そういって、わたしに二十ドルをさしだした。

「ありがとうございます。でも今日は、お代はいりません」

カウンターの上にある小さなメモ帳とペンが目にとまった。

「これにメモを書いて、シンクの下にはってもいいですか?」

女の人がうなずいた。わたしはペンを手にとって書きはじめる。


この修理《しゅうり》は、アメリカ一腕《うで》のいい配管工、ジョー・ハドソンに敬意《けいい》を表して行われた。


いつものように、最後に自分のイニシャルをサインする……。

OH《オーエイチ》!

顔をあげてモーディーを見ると、ニコニコ笑っていた。

メモをバルブの元栓《もとせん》にくっつけてから、ジーンズで手をふく。このときばかりは、姉より自分のほうが、背《せ》が高く感じられた。

玄関《げんかん》から出ていきながら、警官《けいかん》とモーディーは、わたしたちがこの町に引っ越《こ》してくることを話していた。

「あなたたちみたいな女性《じょせい》が、この町にやってきてくれて、うれしいわ」

わたしは車の前で小躍《こおど》りした。女性《じょせい》と呼《よ》ばれたのがとてもうれしい。

警官《けいかん》が車に乗りこみ、わたしたちに手をふってから、通りを走りぬけていった。

モーディーがわたしの顔を見る。

「やるじゃない」

わたしは肩《かた》をすくめ、顔をうつむけながらにんまりしている。気分がよかった。

「それに、あれはパパに敬意《けいい》を表する、最高のやり方だったね」

でしょ！

「でも、オリーブ、ひとつ忠告《ちゅうこく》しておくわ……」

「何？」

モーディーが笑いだした。

「次は、ちゃんとお代をもらいなさい」

8 小さい部屋

「さあ着いた」

新たに見えてきた看板《かんばん》を指さしてモーディーがいう。

しばらくの家
ニュージャージー州　スリー・ブリッジ

大きな家。黄色のペンキがはげかけていて、家全体をポーチがぐるりととりかこんでいて、家の側面の壁《かべ》にはつたがからまっている。そのむかいは、木々《きぎ》のうっそうと生える森。ガクンとゆれてバンがとまった。ポーチにいるおじいさんが、読んでいた新聞から顔をあげた。

「シェアハウスよ」とモーディー。

「どういうこと？」

「文字通りの意味。家をシェアするの」

「だれかといっしょに住むの？」

「何人かといっしょに」

そんなこと、いきなりいわれたって！

「家のどの部分が共用なの？」

「キッチン、バスルーム、リビングルーム、ダイニングルーム、ポーチ」

きいているだけで、気がめいってくる。

「自分たちだけでつかえる部屋はあるの？」

モーディーがバンからおりた。

「あるわよ。部屋がふたつと、クローゼットがひとつ。大学生みたいな生活ね」

「わたしはまだ大学に行く年じゃない！」

「いずれ行くでしょ」

山ほどの思い出があふれた小さな家から、なんの思い出もない大きな家に移《うつ》るなんて！

えっ、いまポーチで何か動いた。

うそ、ウサギ？

ウサギが家のなかに入っていった？

モーディーといっしょにポーチへ近づいていくと、おじいさんが新聞に目を落としたままいった。

「ウサギは好きかい？」

「大好きです」とモーディー。

「玄関《げんかん》ホールにいるやつには気をつけたほうがいい」

そういうと、新聞をひざの上において、玄関《げんかん》にむかってどなった。

「バンスター、いい子にするんだぞ！」

わたしはモーディーの顔を見た。おじいさんはにこりともしない。

「あんたらは、二階か、それとも三階かね？」

「二階です。ちなみに、わたしはモーディー。この子は妹のオリーブです」

わたしはおじいさんにむかって小さく手をふった。

「わたしはレスター・バーバンクだ。ルルと、ミス・ナイラがなかにいる」

ふたりしてなかに入ったとたん、丸い敷物《しきもの》の上にちょこんとすわるウサギと対面した。

ウサギがわたしの顔をじいっと見る。

「玄関《げんかん》ホールのウサギって、あなたのことね」

声をかけてみた。ちょっぴりふしぎの国のアリスになった気分で。するとウサギはぴょんぴょんはねて、どこかへ行ってしまった。

何かおいしそうなにおいがする。においのもとをたどっていくと、だだっ広いキッチンに出た。女の人が、オーブンからマフィンをとりだしていた。あざやかな緑と黄色のスカーフを頭に巻《ま》いている。

「あら」にっこり笑っていう。

「あなたがオリーブね」

「はい、そうです」

「わたしはルル・ピアース。このおんぼろ屋敷《やしき》の家主よ」

すると、玄関《げんかん》ホールから女の人の大声が響《ひび》いた。

「家主のひとり、でしょ!」

ルル・ピアースが声をあげて笑った。頭に巻《ま》いたスカーフは、たたまれたひだも、結び目もきれいで、わたしは目が離《はな》せなかった。

「これ、気に入った?」

「すごくすてきです!」

「デュクっていってね、ジンバブエの伝統《でんとう》衣装《いしょう》のひとつよ。これは母親のもの。特別なときにだけ身につけるの」

そういって、笑顔をむけてくれる。なんだか自分が、このうえなく特別な人間になった気分だ。

またべつの女の人がこちらへ歩いてきた。ルル・ピアースが紹介《しょうかい》する。

「こちらは――」

「紹介《しょうかい》なら、自分でするわ。わたしはナイラ・ピアース。この人の妹」

ナイラ・ピアースは頭にデュクを巻《ま》いていない。

「ちがう、姉よ」

ルル・ピアースがいい、マフィン六個《こ》をバスケットに入れて、わたしたちにさしだした。

「いつもはね、朝食に焼くんだけど、すぐなくなっちゃうの。これはわたしからの歓迎《かんげい》の気持ちよ」

「わたしたちからの、でしょ」

「おふたりとも、ありがとうございます」

「あなたたちの部屋は2B《ビー》。階段《かいだん》をのぼりきったところよ。あの部屋は、ときどきドアがつっかかってあかなくなるの」

わたしは笑顔をつくった。ウサギがキッチンのなかをぴょんぴょん走りまわっている。

なんかこの家、すごい。


ドアはあかなかった。

モーディーが肩《かた》をあてて、えいっとおして、ようやくあいた。

なかを見て、思わず息をのんだ。

「せまい」

ふたつの部屋から成る2B《ビー》の空間は、あまりにせますぎた。けれどモーディーは、どうってことのない顔。

「そう、ここはせまい。でもそれをのぞけば、ここでは何もかも広いってことを、わすれちゃだめよ。広いポーチに広いキッチン、広いリビングルームにダイニングルーム。これがシェアハウスっていうものなの。シェアしないのは、このふた部屋だけ」

わたしは不満の声をあげた。

見たところ、家具をおくスペースはほとんどない。そうなると……。

「あとは創意《そうい》工夫！」

モーディーが大声でいい、命令をくだす将軍《しょうぐん》のように、わたしたちの小さなふた部屋を行ったり来たりする。わたしは命令にしたがう兵士《へいし》だ。

「オリーブ、ノートに書きとめて」

わたしはため息をついた。

「まず大きな鏡が必要よ。なぜって鏡は空間をぐんと広く見せるから」

わたしはそれを書きとめる。するとモーディーは天井にむかって両手をあげた。

「この高さを有効《ゆうこう》活用しよう」

いったいなんのことやら。

「あと必要なのは――順番はどうでもいいけど――折りたたみ式の間仕切りと、楽しい色――思いっきり楽しい色よ――でもって、その色は、光を感じさせるものじゃないとだめ。家主のルル・ピアースは、天井に絵を描《か》かせてくれるかしら。あと、だいたんな色がらの敷物《しきもの》と、服をつるすためのハンガーケース。持ってきたテーブルは、電子レンジと電気鍋《なべ》をおくのにつかうとして、ベッドの下にキャスターつきの収納庫《しゅうのうこ》もほしいわね。同じ部屋にベッドをふたつおけば、もうひとつの部屋をリビングルームにできる――あとは、植物かしら……」

「植物なんか、なんでいるの？」

ちょっとトゲのあるいい方になった。

「生きているものが部屋にあると、幸せな気分になるでしょ。ほかに何か？」

モーディーにぴしゃりといわれて、わたしは手をあげた。

「オリーブ……」

「犬がほしい。生きているもので、植物なんかより、ずっとずっと幸せな……」

モーディーが手をあげてさえぎる。

「そこまで」

まるで二十四時間で自分の家を変身させるテレビ番組に出たのに、こちらの意見はいっさいきかれずに、どんどん模様替《もようが》えが進んでいくみたいだった。

「プライバシーのためにカーテンが必要ね」

モーディーの話は続く。

「ボックスをつかって、見せる収納《しゅうのう》にする」

アイディアが自分に追いついてくるのを待つように、そこでいったん言葉を切る。

「大きいほうの部屋は音楽や読書やアートの部屋にする。テーブル以外の家具は大きすぎてじゃまになるだけ。オリーブ、話にちゃんとついてきてる？」

「まあなんとか」

わたしの目に見えているのは、ふたつの小さな部屋だけ。いくら見ていても、気がめいるばかり。こんなところに住めない。

「壁《かべ》ぞいにかごをずらりと並《なら》べて、タオルや服をしまおう」

まるでモーディーは、すでに完成した部屋のなかに立っているみたいだった。

わたしは手をあげた。いいなりになんかならない。

こんなところに住めない！

胸《むね》のうちでさけぶわたしをよそに、モーディーは絵を描《か》く道具と、うすいボール紙をとりだして、筆を水でぬらした。虹《にじ》の色をぜんぶつかって文字を描《か》いていく。

〝大きく暮《く》らす〟

「これが、わたしたちの目標」

モーディーがいって、文字を描《か》いた紙をクローゼットの正面にはった。

「せまい場所にいても、ちぢこまって暮《く》らすことはしない」

「モーディーはここ、ほんとうに気に入ったの？」

わたしは声をひそめてきいた。

そのとたん、モーディーの気分をおしあげていた空気が、外へシューッと出ていってしまったようだった。床《ゆか》に腰《こし》をおろして、モーディーがいう。

「いまはまだ気に入ってはいない。でも、このせまい空間を自分たちの手で美しくすることはできる。わたしは、美しさだけはゆずれないの」

わたしはモーディーの顔をじっと見た。笑顔のなかで目がきらきらしている。つくり笑顔なんかじゃなく、本物の笑顔だ。

「それにね、こうも思うの。借りたお金のとりたてがここまでやってくることはない。ここで暮《く》らしていけば、借金を手早く返せる。何しろここのお家賃《やちん》はとっても安いから。わたしはね、生活を立てなおして、あなたのめんどうをちゃんと見て、いい仕事をして、お金をためたいの。電話が鳴るたびに、飛びあがるような毎日はもういや。だからいまはほっとしている。それに、〝しばらくの家〟という名前のとおり、ここにずっと住むわけでもないしね」

ふつうなら、ここは姉妹そろって、ぎゅっと抱《だ》きあう場面だろう。でもモーディーは、そういう点ではふつうじゃない。なぜだかわからないけど。

9 大きく暮《く》らす

朝、目が覚めると、〝大きく暮《く》らす〟のはり紙に、さらに手が加えられていた。「暮《く》」の文字の上に、おかしな顔をしたアニメに出てくるような小鳥がとまっていて、のぼる朝日が背景《はいけい》に描《えが》かれている。

思わず顔がほころんだ。モーディー、きっと遅《おそ》くまでがんばったんだ。

いまはもう、疲《つか》れきって眠《ねむ》っている。爆睡《ばくすい》する人だった。

リビングのほうへ歩いていくと、持ってきた家具の一部が並《なら》べられていた。夜中に家具を動かしているような物音はぜんぜんしなかった。きっとわたしも爆睡《ばくすい》していたんだろう。

〝大きく暮《く》らす〟というはり紙が、ここにかかっているのはいい感じ。小型《こがた》サイズで同じものをつくってもらって、持ち歩くのもいいかもしれない。クローゼットのとなりに立つと、なんだか自分が小さく感じる。

「いつだってクローゼットが難問《なんもん》なのよね。でもふたりでなんとかしよう」

ベッドのなかから声がした。それでわたしはこういった。

「そうだね！　ところで、犬はどこにおけばいい？」

気の利《き》いたジョークのつもりだったけど、ベッドからは、いらっとした声しかきこえなかった。

「ごめん。いまのジョークはすべったね……」

パパとよく、そんなことをいいあった。わたしは胸《むね》の前で手を交差させてバッテンをつくる。でもモーディーは目を閉《と》じたまま。

相手が眠《ねむ》っているとき、ジェスチャーは意味がない。


目覚まし時計が鳴った。もう八分寝《ね》ようとモーディーがスヌーズボタンをおす前に、時計をうばうのがわたしの仕事だ。ふたりのベッドのあいだにあるテーブルへすべりこみ、

「だめ！」とさけんでモーディーの手から時計をもぎとる。

「そこまでする？」とモーディー。

「わたしの仕事だっていったでしょ」

「そこまでまじめにやらなくていいわ」

わたしの今日一日の計画はもうできあがっていた。荷ほどきを一時間ほどやる。それからポーチに出ていって、すわって本を読む。そのあとまた一時間ほど荷ほどきをやって、それからバッカに電話をかけて――。

モーディーがスマートフォンを確認《かくにん》している。

「あら、うれしい」

モーディーが顔をあげた。

「今度の新しい上司、初日にあなたを連れて来ていいって」

「え……わたしは、遠慮《えんりょ》する」

「いい人よ。気さくな社風なの」

モーディーはさらにメッセージを確認《かくにん》する。

「そこに行って、わたしは何をするの？」

「オリーブが、よろこびそうなものがあるらしい」

「よろこびそうなもの？」

モーディーが顔をあげ、乗ってこないわたしに、しかめっつらをして見せる。わたしは荷ほどきをしなくちゃいけないからと、いいわけする。

「あのね、まだここの人間関係がよくわからないでしょ。だからいっしょに外に出たほうがよくない？」

「行く気になれない」

「いまはそうでも、出てみれば気分が晴れるから」

「疲《つか》れてるの」

「なるほど。となると、あとは年上の権威《けんい》をかさに着るしかないわね」

つまり、わたしは軍隊の二等兵のように、モーディーのいいなりになるしかないということだ。

「いいこと、オリーブ――」

「モーディー、今日は静かに過《す》ごしたいの。森に入って、まいごになったりしないって、約束するから」

「静かに過《す》ごすのは明日にすればいい。今日はとにかく、不機嫌《ふきげん》な顔はやめて、いつものかわいいオリーブにもどる。そうしてわたしの上司に会ってちょうだい。オリーブに気まずい思いをさせないよう、上司が精一杯《せいいっぱい》気づかってくれるから。どうしてもいやだっていうなら、その上司のためにじゃなくて、わたしのために……」

「わかった！」

わたしはゆっくり歩いてトイレにむかった。ここもだれかと共有するスペース。そのだれかにはまだ会っていない。その人はいまトイレに入っているから。

わたしは廊下《ろうか》で待った。ウサギのバンスターがぴょんぴょん飛び跳《は》ねて横を過《す》ぎる。

わたしはバンスターに話しかけてみた。

「今日は何かいいことあった？」

わたしの顔をじっと見ているので、一瞬《いっしゅん》、答えを返してくれるのかと思ったら、階段《かいだん》をぴょんぴょんおりていってしまう。うしろからそのようすを見ているのは、かなりおもしろい。

トイレのドアがあいて、年配の女性《じょせい》が出てきた。わたしの顔を見て、「まあ、あなたが新しく来た女の子ね」という。

わたしはうなずいた。トイレの便器で水が流れる音がしている。もう水はとまっていていいはずなのに。

「いつもこうなのよ」

女の人はいって、2C《シー》の部屋へ歩いていき、ドアをあける。このドアはつっかからずあいて、ぴしゃりと閉《し》められた。

わたしはトイレに入ると、便器のうしろにあるタンクのふたをあけた。いつも腰《こし》にぶらさげている万能《ばんのう》ツールをつかって、おしあげポンプを正しく接続《せつぞく》しなおす。

水音がとまった。

2C《シー》の女の人がドアをあけて、トイレに目をむけた。

「直しました。わたし、こういうの得意《とくい》なんです」

モーディーの新しい職場《しょくば》は車で十一分の距離《きょり》にあった。駐車場《ちゅうしゃじょう》に車を入れると、『グッドワークス』という社名の看板《かんばん》が目に飛びこんできた。すてきな看板《かんばん》だけれど、モーディーにつくらせたらもっとかっこいいのができそうだ。広告代理店《こうこくだいりてん》でも、ふつうの会社とはちょっとちがうときいている。

「ようし、がんばるぞ」

モーディーがやる気まんまんの顔になる。

わたしはため息をついた。

「さあオリーブ、元気を出していこうじゃないの」

わたしは腕組《うでぐ》みをして、ひざの上に目を落とした。なんの興味《きょうみ》もわいてこない。本を入れる手さげかばんが足もとにおいてあって、そこに今日は日記を入れてきた。パパが死んでから、ほとんど何も書いていない日記。

それをとりだして、白紙のページをひらいて書きだす。

オリーブ・ハドソン、みなしご。

オリーブ・ハドソン、知らない町にやってきた転校生で、友だちはひとりもいない。

オリーブ・ハドソン、むかしの暮《く》らしにもどれるなら、何をさしだしたっていい。

日記を閉《と》じた。自分の気持ちを書くようにと、カウンセラーのテスにいわれていた。水曜日に予定されている、オンラインで行うカウンセリングが待ち遠しい。

「もういい、オリーブ？」

モーディーにきかれて、顔をふせた。

「おなかが痛《いた》くて」

「仮病《けびょう》じゃなく？」

「おなかだけじゃなくて、全身が痛《いた》い」

「動けばよくなるわよ」

「口のなかがからからにかわいてる」

「オリーブ」

「じんましんも出てきた」

そういって足首をかきむしる。

モーディーににらまれた。

「ねえ、オリーブ、わたしを信用してくれない？」

これに答えるのは難《むずか》しい。何しろモーディーは、わたしを助けるために生活をがらりと変えたわけで、それにはとても感謝《かんしゃ》している。それでもとにかく、今日は新しい人に会いたくなかった。できればこれからもずっと。

「信じて、オリーブ。もしちょっとでも、職場《しょくば》に連れていくのは不適切《ふてきせつ》だって思ったら、いっしょに来てなんてたのまない。たとえ上司のブライアンがいい人で、その人にいい印《いん》象《しょう》を与《あた》えたいと思っていても、無理やり連れていくようなことはしないから」

「ここに、どのぐらいいればいいの？」

モーディーは肩《かた》をすくめた。

「半日」

「まるまる半日も、ここで何をすることがあるの？」

10 うっわああああああ！

どこを見てもあざやかな色があふれている。働く人たちがむかっているのは、低い白壁《しらかべ》にかこまれた黒いデスク。大きな丸テーブルには花と、シナモンの香りがするパンがおいてある。

「おひとつ、どうぞ」

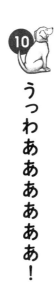

女の人が笑顔をむけて、わたしにいった。

みんながみんな、モーディーとわたしが入ってきたのに気づいて、「ハイ」と声をかけて、気持ちよくむかえてくれる。

わたしは二番目に大きなパンを手にとったものの、この場所で自分だけが場違《ばちが》いな感じがしてならない。パンにかぶりつこうとしたところで、男の人が近づいてきた。ジーンズをはいて、白いシャツのそでをまくりあげている。

「きみがオリーブだね」

「はい、そうです」

「わたしはブライアン。きみは、わたしがきいているとおりの人かな？」

「えっ……それはどういう……」

「犬が好きだときいているよ」

〝好き〟なんて言葉じゃぜんぜんたりないけれど、胸《むね》を大きくはって、こう答えた。

「もちろんです。犬バカといってもいいぐらいに」

まずい、いまの言葉はよくなかったかも。

ブライアンが腰《こし》に両手をあてる。

「子犬に、会いたいかな？」

息がとまりそうになった。

「ここに、子犬がいるんですか？」

「いまのところは三匹《びき》」

「すごく会いたいです」

わたしはシナモン入りのパンを一気に食べてしまう。おいしい。

モーディーに目をやると、「だから信じてっていったでしょ」という顔をしていた。マグネットの壁《かべ》に文字を組み合わせて文をつくるパズルがはってあり、そのなかの一文が目に飛びこんできた。


〝信じられない、もしかしてこれは夢《ゆめ》？？？？〟


この会社は廊下《ろうか》もまた、カラフルだった。オレンジ色の壁《かべ》にあざやかな色のポスターがずらりとはられている。青いドアの前でブライアンが足をとめ、ドアをあけた。部屋のなかには低いフェンスがあって、そこから黒い小さな鼻が三つ、つきだしている。

「うっわあああああ！」

わたしは思わず声をあげ、三匹《びき》の子犬を上から見おろした。

すると、わたしと同じ年ごろの男の子が歩いてきて、子犬たちを抱《だ》きあげて、小さなワゴンにのせた。

そのかわいさといったら、もうたまらない。わたしはまた声を出してしまった。

「うっわあああああ！」

「みんなそういうんだよね」

男の子が、わたしにいった。

いちばん小さな子犬がワゴンから出たくて、キュンキュン鳴いている。毛は、ほんのりしたベージュ色で、小さな頭をゆらして、わたしをじっと見つめてくる。ねえ、出して！外に出たいの！　そういっているみたいだった。

わたしはワゴンの横にひざをついた。するとブライアンがいった。

「その子、抱《だ》きあげてみてごらん」

そうっと、でも落とさないようにしっかりと、身をくねらす子犬を抱《だ》きあげた。これはもう世界一かわいい子犬といっていい。

「オリーブ。この子はルーミーだ」

ブライアンが紹介《しょうかい》してくれる。

子犬の頭に鼻を近づけていくと、顔をぺろぺろなめてきた。わたしは声をあげて笑った。

「こんにちは、ルーミー」

おかしな話だけど、わたしはいまにも泣きだしてしまいそうだった。でも、それじゃあいかにも、素人《しろうと》っぽい。犬のいる場面では、何があっても冷静に動ける人間でいたかった。

だけど、まさかこんなところに犬がいるなんて、思いもしなかった！

わたしは鼻をぐすんといわせるだけにして、なみだをこらえた。ルーミーは身を激《はげ》しくくねらせ、小さなしっぽをぎゅんぎゅんふっている。これは運命の瞬間《しゅんかん》。人間と子犬がたったいま出会った感動の一瞬《いっしゅん》。

ルーミーがわたしの腕《うで》を軽くひっかいた。もう元気がありあまっていて、片時《かたとき》もじっとはしていられないという感じ。

「ルーミーはいい子だね。ほんとうに、すごくいい子」

わたしはいった。

「おっと、どうやらきみを気に入ったようだ」とブライアン。

当然でしょ！

ほかに黒い毛の子犬と、ルーミーよりも少し濃《こ》いベージュ色の毛の子犬がいて、この二匹《ひき》も遊びたがっている。こちらも一匹《ぴき》ずつ、男の子がワゴンから抱《だ》きあげて、床《ゆか》におろしていく。二匹《ひき》ともすぐにわたしのほうへ突進《とっしん》してきた。先をあらそうようにして、ひざの上にあがってくる。初めてかぐ、町からやってきた人間のにおいに興奮《こうふん》しているのだろう。

男の子が子犬たちを紹介《しょうかい》する。

「黒いのがレオで、金色の子はライトニング。ぼくはジョーダンで、八年生の人間。はじめまして、オリーブ」

わたしはレオに足の指をぺろぺろなめられて、笑い声をもらした。ビーチサンダルをはいているので、素足《すあし》がむきだしになっている。ライトニングは自分の前足で遊んでいると思ったら、ひょいとルーミーに飛びかかっていった。二匹《ひき》でかん高い鳴き声をあげている。

わたしは立ちあがったものの、ルーミーがだっこしてほしいようすを見せ、ライトニングとレオは、すねに飛びかかってくる。敷物《しきもの》の上にあぐらをかいてすわったところ、たちまち子犬にかこまれて動けなくなった。

ああ、もう、この部屋からずっと出たくない。

レオがわたしの手に鼻をくっつけてきた。ルーミーはわたしの腕《うで》をたたく。

「ハイ、レオ。いい子ね。あなたもいい子。それにあなたも。だいじょうぶ、わすれてないから！」

あちこちにおもちゃがずらりと並《なら》んでいて、子犬たちがあがっていけるように、いろんな高さの段《だん》が用意されている。と、室内にいろんな音が流れているのに気がついた。雷《かみなり》、雨、クラクション、掃除機《そうじき》の音。どうしてなんだろう。すると、ブライアンが説明してくれた。

「実社会に出ていくと、いろんな音を耳にすることになる。いまからそれに慣《な》れさせていくんだ。盲導犬《もうどうけん》は、いかなる物音にも気をとられず、冷静でいられるようでなくちゃいけない」

「盲導犬《もうどうけん》って、目の不自由な人を助ける犬ですか？」

「そのとおり。ここから車で一時間ほどの場所に、北東盲導犬《もうどうけん》センターがあってね。ぼくはそこでちょっとした訓練にかかわっている」

するとジョーダンが笑いだした。

「ちょっとした、なんてものじゃないでしょ」

ブライアンが肩《かた》をすくめた。

「センターの従業員《じゅうぎょういん》が数人、ここに犬を連れてきて、社会に慣《な》れさせる。その手助けをしてるんだよ」

ひざに乗りあがってきたルーミーを、わたしは胸《むね》にだっこして、毛をなでてやる。

「ルーミー、なんてかわいい子」

「子犬のあつかいが、ずいぶんうまいね」

ブライアンにいわれた。

ここにいたら、半日なんて、あっというまに過《す》ぎちゃう。きっとまるまる一週間だっていられる。モーディーに目をむけると、これまで見たこともない、とびきりの笑顔だった。

「だからいったでしょ」と、口の動きだけで、わたしにいっている。

子犬がいるって、最初から教えてくれていたら、わたしだって、あんなにだだをこねたりしなかったのに。

ブライアンが口をひらいた。

「というわけで、オリーブ。子犬たちを新しいものにトライさせるのが、ここの仕事なんだ」

子犬の一匹《ぴき》に、足の指をなめられて、わたしは笑いをもらす。

「足の指も、新しいもの？」

「きみのはね。ということで、きみはルーミーに、あの小さなトンネルを通りぬけさせることができるかな。まだちょっと、しりごみしているんだ」

わたしは部屋のすみにある青いトンネルのとなりに立った。長さは六十センチぐらい。その入り口にルーミーをおいてみる。さっと逃《に》げていって、またもどってきた。

「ルーミー、入ってごらん」

入りたがっているように見えるんだけど、実際《じっさい》はどうなんだろう。元気いっぱいの子犬は、こういうとき、どんな気持ちなんだろう。大きな人間にふいに抱《だ》きあげられて、行きたいわけでもないところへ、行けといわれる。

「ルーミー。これは楽しいよ」

わたしはそういって、ルーミーの背中《せなか》をやさしくおした。ルーミーは首をふっていやいやをする。

「やってごらん。おもしろいよ。この部屋にはね、楽しいものがいっぱいあるんだよ」

まるで小さなポニーのように、ルーミーはまた首をぷるぷるっとふると、レオのいるほうへかけていった。二匹《ひき》で黒いリングを床《ゆか》にひきずってくる。とりあえず、好きなようにやらせておいて、遊びが終わったところで、片手《かたて》をさっと動かして、「ルーミー、おいで」と注意を引く。

「命令にしたがうのは、まだ小さくて無理だ。でも慣《な》れさせようと考えるのはいいね」とブライアン。

「おいで、ルーミー」

わたしが呼《よ》ぶと、はずむようにしてかけてきた。

「いい子だね。トンネルをくぐってごらん」

ルーミーはじっとしている。わたしは両手両ひざを床《ゆか》について、ルーミーの顔を見る。

「ちょうど、あなたにぴったりのサイズだよ」

するとルーミーがトンネルをくぐった。やってみたらすごくおもしろかったようで、もう一度くぐりぬけた。

「いい子だね！」わたしはルーミーをなでた。

するとブライアンがいった。

「すごいな。きみは引っ越《こ》してきたばかりでいそがしいと思うけど、もし時間ができて、この子犬たちの力になりたいって思ったら――」

「時間はいくらでもあります！」

わたしはブライアンにうけあった。

「この子たちはみんな特別な犬で、目の不自由な人を助ける盲導犬《もうどうけん》になれるよう、ぼくらが全力をつくしてサポートしなきゃいけない。社会のよき一員になれるよう、教えることはたくさんあるんだ。家のなかや、広い外の世界で、どのようにふるまうべきか。いつどこで用をたすか。そういったことのひとつひとつが重要なんだ」

「盲導犬《もうどうけん》になる子犬には、どのぐらいだっこが必要ですか？」

わたしがきくと、ブライアンは考えこむ顔になった。

「実際《じっさい》に計測《けいそく》したデータはたぶんないな。ここでの目的のひとつは、人間のために働くのはすばらしいことだと、犬たちにわからせることなんだ」

わかるけど、それでもやっぱり答えがほしかった。

ブライアンがにやっと笑う。

「正確《せいかく》な回数や時間はわからないが、これまで八匹《ひき》の子犬を育てた経験《けいけん》からいわせてもらえば、答えははっきりしている。山ほどのだっこが必要だ」

〝山ほどのだっこ〟

わたしはノートに書きとめ、そのまわりに星をいっぱい描《か》いておく。

この子犬たちといっしょに働きたい。わたしはいま、本気でそう思っている。

11 よくばり

ブライアンからもらった、北東盲導犬《もうどうけん》センターについて書かれた本には、衝撃《しょうげき》を受けた。読んだあとには、何がなんでもボランティアとしてこの活動にたずさわらないといけないと思えてくる。わたしはよくばりなので、そこに書かれている仕事をぜんぶやりたいと思った。

まずはパピーウォーカー。

それから、訓練士《くんれんし》。

そして、監督《かんとく》。

もし可能《かのう》ならセンター長だってやりたい。執務室《しつむしつ》にはつねに四匹《ひき》の子犬をおくという条《じょう》件《けん》で。

モーディーとはまだ話ができていない。ずっとロジャーと電話中で、いまもリビングから話し声がきこえてくる。

「どういったらいいのかしら。そういった質問《しつもん》には答えられない……」

わたしにはわからないことがたくさんあって、それも日々《ひび》どんどん増《ふ》えていく。モーディーはどうしてロジャーに「消えうせろ！」といわないのか。それもわからないことのひとつだ。

そもそも、ふたりのあいだに共通点はミジンコほどもない。「ミジンコほどもない」というのはパパの口ぐせで、「微塵《みじん》もない」という言い方より、こっちのほうがかんたんでイメージがわきやすい。

ロジャーは俳優《はいゆう》さんみたいな外見をしていて、ズボンにつくほこりをしょっちゅう手ではらっていて、犬は好きじゃない。ワインの知識《ちしき》が豊富《ほうふ》で、赤い車を乗りまわして、つくり笑いをする。

働いているのは大手銀行で、ロンドンやシンガポールのような、大きな銀行がある都市にしょっちゅう出張《しゅっちょう》で出かけている。そして、これがいちばん大きな問題なのだけど、ロジャーはわたしのことがきらいだった。パパはわたしを、宇宙《うちゅう》の中心に自分がいると思うような人間には育てなかったけど、まったく無視《むし》されるというのもいい気はしない。

もちろん、わたしだってロジャーのことはきらいだ。たぶん犬と同じように、ロジャーにも、自分が好かれているか、きらわれているか、ちゃんとわかるんだと思う。いっそのこと、ロジャーは人間じゃなく犬だったらよかった。そうしたら少しは好きになったかもしれない。

モーディーはロジャーを好きなのかどうか、よくわからない。ロジャーと話しているときは、だいたいモーディーは怒《おこ》った顔をしているし、最近ではいつもケンカをしている。ロジャーの銀行は、ロジャーを土星に出張《しゅっちょう》させるべきだろう。

子犬を育てることに頭をもどそうと、わたしは疑問点《ぎもんてん》をノートに書きだしていく。

ルーミーが盲導犬《もうどうけん》には適《てき》さないと判断《はんだん》されるとしたら、どんな理由が考えられる？

何かたりない点があった場合、どんな追加訓練が必要？

わたしはどこへ行けば訓練を受けられる？

ルーミーをうちで育てられるよう、モーディーをどう説得《せっとく》すればいい？

そしてここに、ほとんど乗り越《こ》えるのが不可能《ふかのう》と思えることがある。盲導犬《もうどうけん》になる子犬を育てる人間が、必ず直面する問題だ。

10か月も育てた子犬と、どうやってお別れをすればいい？

わたしに、そんなことができる？

ガチャン！

廊下《ろうか》で物音がした。男の人たちがどなっている。

「何、いまの？」

モーディーはそういって、ようすを見に出ていった。わたしもあとに続く。

廊下《ろうか》の敷物《しきもの》の上に、こわれたパイプの大きな一部が落ちていた。床《ゆか》に水がこぼれている。

バーバンクさんが天井にあいた穴《あな》を見あげていて、ハシゴにのぼった男の人がバーバンクさんを見おろしている。

「まだ、もれている部分はふさがってないな」とバーバンクさん。

「わかってますよ」

「まずいな」とバーバンクさん。

「それもわかってます」

ハシゴに乗っている男の人は、「プレミア配管」という文字の書かれたT《ティ》シャツを着ている。わたしは床《ゆか》に落ちているパイプに目をむけた。もうひとり、また同じT《ティ》シャツを着た男の人が、新しいパイプを運んで階段《かいだん》を上がってきた。わたしの頭のなかでパパの声が響《ひび》く。

「正しい種類のパイプがなければ、正しい仕事はできない」

わたしは手をあげて、ゴホンとせきばらいした。するとハシゴに乗った男の人が「なんか用かい？」ときいてきた。

わたしはにっこり笑っていった。

「そのパイプじゃだめだと思うんです」

「バカをいうんじゃない……」

男の人は、わたしを鼻で笑う。

「ほんとうです。わたしの父が配管工で、アルミニウムのパイプはつかいものにならないっていってました」

「子どもは部屋にもどって宿題でもやったらどうだ。ここはオレたちが、まかされてるんだ」

モーディーがわたしのとなりに立って、その男の人をにらんだ。

「ねえオリーブ、パパはほかにどんなことをいってたか、教えてくれない？」

「アルミニウムは安い資材《しざい》だけど、そういう安物を配管につかっても長くは持たないって。銅《どう》のパイプをつかうべきだっていってた」

男の人がまた鼻で笑った。

「ありがとよ、お嬢《じょう》ちゃん。オレはこの仕事を長年やってるんだ。お嬢《じょう》ちゃんのパパをここに呼《よ》んでくれれば、話をつけてやるよ」

それができたらどんなにいいか、この人にはわからない。

「いくつだい？」

「十二歳《さい》ですけど、年のわりにしっかりしています」

わたしはスマートフォンで「銅《どう》のパイプ」を検索《けんさく》する。あった――使い勝手のいい最高のパイプ。画面を配管工の人とモーディーに見せる。

男の人は怒《おこ》っていう。

「子どもが大人の仕事に口出しするんじゃねえよ。まったく、いらつくガキだぜ」

モーディーが一歩前へ出た。

「いま、なんといいました？」

ウサギがみんなのようすを見守っている。怒《おこ》った配管工を指さして、バーバンクさんがいう。

「言葉をつつしみなさい。さもなきゃ五分後にはここを追いだされてるぞ」

わたしはバンスターをなでようと手をのばす。さっと逃《に》げられてしまった。入れ替《か》わりにこちらへやってきたルル・ピアースに、バーバンクさんがいう。

「オリーノに解決策《かいけつさく》があるらしい」

わたしは家主のルル・ピアースに銅《どう》のパイプのことを話した。

ルルが天井にあいた穴《あな》を見あげる。

「ほんとうにそうなの？」

「仕事のことはこっちでちゃんと心得《こころえ》てますよ」

怒《おこ》った配管工はそういったけれど、もうひとりの配管工は、配管資材《しざい》を売っている店の閉店《へいてん》まであと一時間だといい、すぐもどってくるから、といいおいて出ていった。

モーディー、ルル・ピアース、バーバンクさんは、まるで天才でも見るような目をわたしにむけている。

このへんで部屋にもどるのがよさそうだ。調子に乗ってへまをやらかし、天才の化けの皮がはがれる前に。

12 いちばん難《むずか》しいこと

次の日、モーディーの会社、グッドワークスに行くと、クリスティーンという女の人が、わたしの相手をしてくれた。会社の部長で、盲導犬《もうどうけん》になる子犬も育てているという。なんでも教えてくれるらしい。

それできいてみた。どう考えても、難《むずか》しいことを。

「自分が育てた子犬に、どうやってさよならをするんですか？」

クリスティーンはわたしといっしょにすわった。

「これまで五匹《ひき》の子犬を育てたわ。こういう犬たちを育てるときにはね、自分の胸《むね》に、つねにいいきかせることにしてるの。『この犬はだれかの人生を変えることになる』ってね」

わたしはノートにメモをする。


この犬は、だれかの人生を変えることになる！！！！


子犬たちの遊ぶ部屋に、ジョーダンといっしょにいる。ジョーダンは子犬のレオを抱《だ》っこしていて、レオは身をくねらせながら、ジョーダンに鼻をおしつけている。

「ジョーダンは、夢《ゆめ》のようなお仕事を手に入れたね」

「うん。だけどお給料はもらってない」

ジョーダンがレオをおろし、おやつをやる。子犬が歩きまわると、そばにぴったりついて、部屋の外に出ないようにする。

「ダメだよ」

いいながらジョーダンは、一度レオを抱《だ》きあげ、それからまた床《ゆか》におろした。

「ぼくのところへもどってくるんだ」

そういってレオの顔をじっと見ると、レオもジョーダンの顔を見た。

「そうそう。ぼくを見る。いい子だ」

ジョーダンはまた子犬を抱《だ》きあげ、肩《かた》にのせる。

「こうやって、ひとりの人間に注意をむけることを覚えさせるんだ。それができないと目の不自由な人を助けられない」

わたしはそれもノートにメモした。

「どうして？」

「盲導犬《もうどうけん》は仕事に集中しなきゃいけない。気をそらすようなことがあっちゃ、ダメなんだ。この仕事がどれだけ大事か理解《りかい》して、飼《か》い主《ぬし》に忠誠《ちゅうせい》をつくす」

それは、考えたこともなかった。

わたしは遊び場の一角に目をやった。そこにルーミーが眠《ねむ》っている。子犬はみんなかわいいものだけど、わたしにとってはあの子がいちばん。

「ルーミーはもう、育てる人が決まってるんだ。知ってるよね？」

ジョーダンにいわれて、一瞬《いっしゅん》息がとまった。

「女子高校生。ぼくもついこのあいだ知ったんだ。二、三日すると、ルーミーをむかえにくるよ」

そんなバカな！　……ちがう、バカなのはわたしだ！

いますぐ、この部屋から出ていかないと。

「でも、子犬はたくさんいるからね。この仕事のたいせつなところは――」

もうそれ以上、何もききたくない。

「ちょっと出てくるね」

まるでなんでもない顔をしてそういった。ほおを流れるなみだを見れば、なんでもない
はずはないって、すぐわかるのに。

ドアの外に出ると、ろうかを走ってトイレに飛びこんだ。ひとつだけあいている個室《こしつ》に
入ってしっかり鍵《かぎ》をしめ、顔を両手でおおって泣く……声をしのばせて。

心のなかでは大声で泣いていた。

これって、ブライアンは知ってたの？

「オリーブ？　だいじょうぶ？」

いまの声はクリスティーン？　わたしは個室《こしつ》から出ない。

「はい、だいじょうぶです」

「ねえきいて、何か誤解《ごかい》があったみたいだって、ジョーダンがいってるの」

そんなことない。ぜんぶよくわかった。

「出てきてくれると、助かるんだけどな」

やっぱりクリスティーンだ。

みじめな気持ちで鼻をかみ、トイレットペーパーでなみだをふく。

そして、笑顔をつくる。

個室《こしつ》から外に出ていきながら、顔はほとんどふせている。

手を洗《あら》い、かわかす。

「ちょっと、話せるかしら？」

もしクリスティーンがいい人じゃなかったら、「無理！」とどなっていただろう。

「はい」

「アイスクリーム、食べる？」


クリスティーンはペパーミントキャンディクランチ、わたしはロッキーロードにした。「岩だらけの道《ロッキーロード》」というフレーバー名は、わたしのいまの人生をよく表している。

クリスティーンがいう。

「ふつうはね、子犬とパピーウォーカーのマッチングは、盲導犬《もうどうけん》センターの人たちがやるの」

「ブライアンじゃないんですか？」

「いいえ」

「すべてブライアンがやるんだと思ってました」

わたしはスプーンでチョコレートアイスクリームとナッツとマシュマロをすくった。

「まあ、たいていのことはやるんだけど」

「ルーミーとわたし――わたしたち――」

「わかるわ。子犬に恋《こい》しちゃうのはめずらしいことじゃないから」

恋《こい》したのは、わたしだけじゃない！　ルーミーだってそう。

どういったら、いいんだろう？

わたしはどうしても、子犬を育てたい！

クリスティーンはわたしの顔をじっと見ている。わたしのほうは精一杯《せいいっぱい》、大人ぶって、責任感《せきにんかん》もありますって顔をして見せるのだけど、相手がそう思わないのはわかっていた。

「わたし、どう思われてるのか、わかります。会ったばかりの子犬にさよならをいえない人間が、10か月も育てた子犬と別れられるわけがない。そうですよね？」

「そうじゃないわ」

「じゃあ……」

クリスティーンはペパーミントクランチのアイスクリームを食べ終えて、椅子《いす》に背《せ》をあずけた。

「わたしが考えていたのはね、あなたはすでにパピーウォーカーになっているってこと。だって全身に、そう書いてあるもの」

わたしは自分の腕《うで》に目をやって確認《かくにん》する。

「はい、そうなんです！」

「そういうことなら、オリーブ、これもまた、あなたがくぐりぬけないといけない試練のひとつよ」

「わかりました。ルーミーを育てる女子高校生って、だれなんですか？」

「それについては、わたしは何も知らないの。でもオリーブ、それがだれであろうと、あなたはもうルーミーの一生にかかわっている。これからもずっとそうよ」


カウンセラーのテスの顔が、パソコンのモニターに映《うつ》った。この顔を見るとほっとする。いつもなら、わたしは青いソファにすわって、テスは丸い回転椅子《いす》にすわっている。今日は勝手がちがうから、なんだかふしぎな感じがする。

よけいな前おきはなしに、自分が書いた日記をテスに読んできかせることにする。

「この日は、はじまりからして暗い気分で、それで、こんなことを書きました。

オリーブ・ハドソン、みなしご。

オリーブ・ハドソン、知らない町にやってきた転校生で、友だちはひとりもいない。

オリーブ・ハドソン、むかしの暮《く》らしにもどれるなら、何をさしだしたっていい」

「なるほど」

テスはそう答えて、わたしが話すのを待つ。ほんとうはテスに何かいってほしい。でもテスはわたしに話をさせたい。

それでわたしは、自分の書いた言葉に目を落とす。

みなしご
転校生
友だちはひとりもいない
むかしの暮《く》らしにもどれるなら、何をさしだしたっていい

「引っ越《こ》してきたら、みんないい人で」

そういって、子犬のことも話す。

「子犬！」とテス。

「ルーミーっていう名前で、だっこをすると、もうその子以外のことは何も考えられなくなって。心も痛《いた》まない。さみしくないし、こわくもない」

「オリーブ、日記を見てちょうだい。そこに書かれていることを見て、どう感じる？」

ひどい。ひどいことばかり書いてる。

「そのうちのどれかを変えることはできない？　何か言葉をつけたすとか？」

いいかげんな答えはしたくなかった。まずは「みなしご」という言葉を、じっと見て考える。

「みなしごだけど、姉と暮《く》らしていて、車で数時間のところに祖母《そぼ》がいる。世界にひとりぼっちというわけじゃない」

「そのとおり、書いてみて」とテス。

日記帳に書いてみたら、気分がよくなった。それから次も考える。「転校生」——ああ、でも、学校をかわるなんて、よくあること。転校生だからって、友だちが見つからないってわけじゃない。ただ新しい場所に慣《な》れるのに時間がかかるっていうだけ。そこでわたしは、「あせるな」という言葉を書きたした。

次は、「友だちはひとりもいない」だ。

「ええっと、友だちというのが人間をさすのなら、わたしと同じような犬好きの男の子と仲よくなりました。それから三匹《びき》の子犬と、モーディーの職場《しょくば》で働く、りっぱな大人のブライアンとクリスティーン。それにいまわたし、生まれて初めてウサギのいる家に住んでいるんです」

テスが声をあげて笑った。

「すごいじゃない!」

そうやってほめられた言葉も日記に記しておく。そして、いちばん難《むずか》しい最後。「むかしの暮《く》らしにもどれるなら、何をさしだしたっていい」

心の奥《おく》におしこんだ悲しみが、わきあがってくる。パパへの思いだ。帰ってきたときに家のなかに響《ひび》くパパの声。蚊《か》をじいっと見つめて、「ごめんよ、悪気はないんだ」といってから、ピシャッとはたくパパ。

わたしは何もいえなくなった。

しばらく待ったあと、テスがこんなことをいった。

「生活を大きく変化させなきゃいけないってときに、人はいっぺんに何もかも変えてしまわなきゃいけない気になる。でもね、人生を変えるいちばんいい方法はあせらないこと。一歩ずつ着実に進んでいって、知りあう人も少しずつ増《ふ》やしていく」

それからテスはこうもいった。

「あなたは偉《えら》いわ。大変ななか、すごくよくがんばってる」

その言葉も、目立つように大きな文字で書いておいた。

13 問題発生

二日後には、ルーミー、レオ、ライトニングがパピーウォーカーの家に行くことになっている。その準備《じゅんび》にいそがしくしているジョーダンをわたしも手伝うことにした。

「ねえみんな、みんなは世の中の役に立つヒーロー犬なんだよ」

そういってやると、三匹《びき》ともすごくよろこんだ。

ルーミーはもうわたしとは関係ないなんて、そんなふうに思うのはやめた。さみしいけれど、ルーミーのことをずっと思って暮《く》らしていこう。たいせつな人を亡《な》くした子どもたちのキャンプでも学んだ。自分のそばから旅立った相手を、恋《こい》しく思うのは自然なことなんだって。

悲しいばかりの日々《ひび》が続くわけじゃない。さみしいけれど、幸せな毎日を送ることはできる。チョウチョを見て心が明るくなったり、つるつるした小石を拾って投げて、水面をジャンプさせたり。

ルーミーを育てるなら、このわたししかいないと思ったけど、北東盲導犬《もうどうけん》センターには重要な規則《きそく》がいくつもあって、わたしの好き勝手は通らないのだ。

パピーウォーカーのための本を、もっともっと真剣《しんけん》に読んで勉強しよう。

犬の行動についても、本で勉強する。

ルーミーはいまも、わたしをたよっている。わたしを味方だと思っている。この子を育てる女子高校生は、わずかでも気をぬかないでほしい。自分のすべてをかけてルーミーを愛してくれなきゃ、ゆるさない！

明日はとうとうルーミーが女子高校生に引きとられるという夜、モーディーがわたしをすわらせ、あらたまって話をしてきた。

「ずっと考えていたことなの」とモーディー。

いい知らせ、悪い知らせのどっちだろう。

「で、とうとう行動に移《うつ》したの」

そこでモーディーは、しばらく口をつぐんでいる。

「ロジャーと別れた」

「うそでしょ」

わたしはよろこびのダンスをおどりだしそうになるのを必死にこらえる。

「あの人は、わたしをべつの人間に変えたいと願っているの」

「モーディーのしたことはまちがっていないよ」

「でも、つらい。婚約《こんやく》を解消《かいしょう》したっていう事実に、慣《な》れなくちゃいけない。オリーブには、あの人のいいところが見えなかったみたいだけど……」

モーディーが手をにぎりたがると思って、わたしはテーブルの上に片手《かたて》をおいた。モーディーはちょっとにぎって、すぐ放した。

すると、モーディーの電話が鳴った。

「ブライアンだわ」

モーディーがいって、電話を耳にあてる。話をききながら、くちびるをかんでいる。

「そうでしたか。ただ、あまりに急な話で、こちらとしてもすぐには……。少し考えさせてください」

何があったんだろう。心配になってきた。

「じゃあ、本人と直接《ちょくせつ》話してもらえませんか？」

モーディーがこちらに電話をわたしてきた。どうしてブライアンが、わたしと話す必要があるの？

「もしもし」

わたしはいった。

「ああ、オリーブ、きいてほしい。ここでちょっと問題が発生してね。仕事を山ほど片《かた》づけて、ようやくいま、きみに電話をかけることができた」

「何があったんですか？」

「ルーミーを育てるはずだった女子高校生の親戚《しんせき》に不幸があってね。おじさんが亡《な》くなったんだ。葬儀《そうぎ》のためにドイツに行かなきゃいけなくなった。まるまる二週間留守《るす》にする」

一瞬《いっしゅん》、息がとまった。

「オリーブ？　きいてるかい？」

わたしは息をした。

「そんなわけで、センターのほうでは、べつのパピーウォーカーに力を貸《か》してもらうべきだと判断《はんだん》した」

「二週間ですか？」

「10か月だ。女子高校生はパピーウォーカーになるのは今回が初めてなんだ。そういう事《じ》情《じょう》もあって、また新たに生まれる子犬を担当《たんとう》してもらったほうがいいということになった。家族そろってドイツから帰国したあとにね」

モーディーがわたしの顔をじっと見ている。わたしはいつのまにか立ちあがって、背《せ》すじをぴんとのばしていた。ということは、まさか――。

「できるだけ早く決断《けつだん》をくださないといけないんだ。モーディーと話をしてほしい」

「話なら、いまちょうどしていたところです」

なまじっか、うそというわけじゃない。

「そうか、きみがルーミーを育てたいと思うなら、またとないチャンスだよ」

からだがはずんでいる。何百万という花火が打ちあげられた気分だった。

「ぜったいに、なんとしてでも、やりたいです」

「じゃあ、モーディーにちゃんと話して。二日後にはきみたちといっしょに暮《く》らすことになるんだから」

「ねえ、ねえ、ブライアンはなんだって？」とモーディー。

ブライアンはすぐに答えを知りたがっている。

「すぐに答えを出します！　〝すぐに〟答えを出すのが、わたしの特技《とくぎ》なんです」

〈大人に、子どものことを思って結論《けつろん》を出してほしいときに、やるべきこと〉

発案者――オリーブ・ハドソン

1　まずはにっこり、笑顔をつくる。

2　「いまのわたしと同じ年だったころのこと、覚えてるでしょ？」と大人にきく。たとえ覚えていなくても、大人はまちがいなく、「そうね」というはず。

3　そのあともこちらはずっとニコニコ笑顔。

4　それから、「わたしは〝みんなのために〟やりたいの」と強くうったえる。まちがっても、〝特に自分のために〟とは、つけくわえないこと。

5　大人のほうが折れるまで、笑顔をくずさずに立っている。

14 A+《エープラス》

アーモンドクロワッサンを電子レンジで七秒間温めてからわたしした。モーディーがパクリとかぶりつく。好物なのだ。

「めっちゃ、おいしい。でもね、ルーミーをこの家で飼《か》うことに、反対する住人だっているかもしれない。それはわかるでしょ」

「わかるよ」

わたしは笑顔をくずさない。

モーディーが感情的《かんじょうてき》になる。

「オリーブ、あなたがまた悲しむことになるのがいやなの。これまでだって、たくさんつらいことがあったんだから」

「でも、やりたいことがあるなら、チャレンジしてみないと、永遠《えいえん》に実現《じつげん》しないから」

それだけいって、あとは待つ。これがいちばんつらい。だまったまま、あとはなりゆきにまかせるしかないっていうのは。

モーディーが黄色いメモ帳と青いペンをつかんだ。

「とことん考えよう」

メモ帳のいちばん上に、モーディーはかわいい犬の絵を描《か》いた。その下に、タイトルをふたつ、それぞれの下に空間をあけて書く。


〈引き受けたほうがいい理由〉

〈ことわったほうがいい理由〉


〈引き受けたほうがいい理由〉の下に、モーディーはこう書いた。

●オリーブは犬が大好きだから。

わたしはペンをとってつけくわえる。

●オリーブは犬にすべてをささげるつもりがあるし、犬といっしょに働くのが天職《てんしょく》だと思っている。それに、オリーブは人の力になりたいと思っている。

モーディーが書く。

●オリーブは誠実《せいじつ》な子で、責任《せきにん》を持って仕事をする。

●オリーブは今年の夏、時間がある。

↓でも学校が始まったらどうする？

わたしはペンをとってつけくわえる。

↓問題ない。子犬もいっしょに学校へ行くという手がある。

書きながらも、それは無理だと思っている。

せっかくリストをつくって考えてるのに、これじゃあ、らちがあかない。

〈ことわったほうがいい理由〉の下にモーディーが書く。

●別れがつらすぎる。

モーディーはその下に、ギザギザに割《わ》れたハートの絵を描《か》くと、椅子《いす》に背《せ》をあずけて、わたしの顔を見る。

いいたいことはわかるし、モーディーが描《か》いた、割《わ》れたハートの絵は見るからにつらそうだ。「たいしたことないって。楽に乗り切れるよ」なんて、いうつもりはない。リストは、正直な気持ちを書いてこそ、効果《こうか》を発揮《はっき》するのだから。

わたしは書いた。

●わたし以上にその犬を必要としている人のために、子犬のルーミーを育てたい。最後にはつらい別れが待っているのはわかっている。それでもわたしは引き受けたい。

わたしはモーディーにコーヒーのおかわりをいれた。モーディーは犬のように鼻をくんくんさせる。

これは考えている証拠《しょうこ》。さあ、ここが勝負の分かれ目だと思い、わたしは書いた。

●世界のどこをさがしても、わたしのようにルーミーを育てられる人間はいない。

もう少しでモーディーは折れる。ここでダメおしだと思い、さらにつけくわえる。

●ルーミーを育てることは、〝大きく暮《く》らす〟こと。
●モーディーにもそれはわかっているはず。

モーディーが大笑いした。

「よし、家主のルルに話をしにいこう」

わたしは盲導犬《もうどうけん》センターのファイルを持っていき、キッチンのテーブルに広げて、みんなにいう。

「これからみなさんに、盲導犬《もうどうけん》になる子犬の一日を紹介《しょうかい》します――」

すると意外なことに、ルル・ピアースがこんなことをいいだした。

「そうそう、ブライアン・ラムゼイが今朝やってきて、この家には、盲導犬《もうどうけん》の子犬を飼《か》うのを禁《きん》ずるルールはあるのかってきかれたの」

わたしは飲んでいたオレンジジュースをのどにつまらせた。

ゲホゲホやるわたしを、行儀《ぎょうぎ》が悪いとモーディーがにらむものの、苦しいのだからしょうがない。まさか死ぬことはないと思うけれど、つらすぎる。

「頭を下げるのよ」とルル。

「ちがう。首をのけぞらせるの」とナイラ。

どっちの意見にしたがってもめそうだけど、とにかく死にたくない。するとモーディーがうしろにまわって、わたしの背中《せなか》をドンとたたいた。先週の夕食に食べたものが口から飛びだしたかのように、のどのつかえがすっきりとれた。モーディーの力はすごい。

わたしは、かわいい子犬の写真が表紙にのったパンフレットをとりだしていう。

「ここに書かれているとおり、この活動のすばらしい点は――」

そこでバーバンクさんがやってきた。となりでウサギがぴょんぴょん跳《は》ねている。わたしが何について話しているのか、ルルがバーバンクさんに教える。バーバンクさんはウサギにじっと目をやる。

「四本脚《よんほんあし》の仲間が増《ふ》えるかもしれんぞ。おまえはどう思う？」

それをきくなり、ウサギのバンスターがぴょんぴょんはねて行ってしまった。バーバンクさんがいう。

「わたしとしては、子犬をここで飼《か》うのは賛成《さんせい》だ。だがバンスターは反対のようだ」

それって、つまりダメだってこと。

信じられない！

ウサギの意見が尊重《そんちょう》されて、負けるなんてある？

わたしはルル・ピアースの顔を見た。するとルルがバーバンクさんにいった。

「レスター、ペットに投票権《とうひょうけん》はないのよ」

すると、ミス・ナイラがいった。

「もしバンスターが、人間のために何かしてくれているんだったら、意見をいう権利《けんり》はあるけどね」

ミス・ナイラはスマートフォンをとりだした。

「3B《ビー》のマークとコーラには、メッセージを送っておこう――あのふたりは遅《おそ》くまで寝《ね》てるでしょうから」

ミス・ナイラは、〈子犬は好き？〉というメッセージを打って送った。

チンと着信があって、〈大好き！！！〉というメッセージが返ってきた。

2C《シー》のミセス・ドゥールが、ゆっくりこちらへ歩いてくる。

わたしは盲導犬《もうどうけん》センターのファイルのページに目をもどしていう。

「ここに書かれているとおり、盲導犬《もうどうけん》の子犬は――」

ミセス・ドゥールが腰《こし》をおろすと、ミス・ナイラがいった。

「ねえクララ、いつも同じ毎日でつまらないでしょ。このあたりで変化を起こそうと考えてるの」

「いいわね。どんどんやりなさいよ」とミセス・ドゥール。

「ってことは、イエスね」

ミス・ナイラが笑顔になる。

それでルルが結論《けつろん》を出した。

「じゃあよろこんで子犬をむかえましょう」

わたしはファイルを閉《と》じた。

盲導犬《もうどうけん》について紹介《しょうかい》して、小犬を家に連れてくることの賛成《さんせい》を得《え》る、わたしのプレゼンテーションの成績《せいせき》はA＋《エープラス》だ。

15 集中

「よし、オリーブ。それじゃあ今日は、きみ自身の訓練を開始するにあたって、注意することを伝えよう」

ブライアンにそういわれて、わたしはすかさずいった。

「犬のことならよく知っています」

いままでたくさんの犬を散歩させて、お金もたくさん稼《かせ》いできた。自分でもビッツィという名の老犬を飼《か》っていて、病気になったときには精一杯《せいいっぱい》めんどうを見た。

「まあそうだろうな。ただし、盲導犬《もうどうけん》の子犬を育てるには特別な規則《きそく》があって、それをきみに理解《りかい》してもらわないといけない。ちょっと奇妙《きみょう》な感じがするかもしれない」

「何をすればいいんですか？」

「自分の知っていることは無視《むし》して、訓練マニュアルにしたがう」

「えっ……」

「なぜなら、どんなにきみがルーミーを好きになって、ルーミーがきみをしたっても、ルーミーはきみの犬じゃない。センターの犬だ。だからきみには、ルーミーがベストをつくせるよう、われわれの規則《きそく》にしたがってもらう。わかるかな？」

「はい」

これはかんたんな話じゃない。わたしは手をあげた。

ブライアンは先生がするように、わたしにうなずいた。

「どうぞ」

「もしわたしが、へまをしたらどうなりますか？」

「そういう質問《しつもん》は、ふつうなかなか出てこない。きみは感心だ。そういう質問《しつもん》をしてくるというだけで、どれだけこの仕事に真剣《しんけん》にむきあおうとしているかわかるよ。だが、へまをする可能性《かのうせい》はだれにでもある。われわれはカンペキじゃないからね」

「ぼくは例外だけど」

ジョーダンの声。笑いながら部屋に入ってきた。

「オリーブ、ひとつきみにお願いしよう。もし何かで失敗したら、われわれに知らせてほしい。ジョーダンがこれまでやってきたように」

「一か月の活動を記す報告書《ほうこくしょ》のいちばん下に大きな空白があるんだ。そこになんでも書くといいよ」

ジョーダンが教えてくれた。

「さてと。オリーブ、いまきみの目には何が見えている？」

ジョーダンが手をふっている。

「ジョーダンが見えます」

「何をやってる？」

「えーと。手をふって。こっちにちょっかいを出したいような」

ジョーダンが変顔をして見せる。

「そうか。じゃあもし、きみが子犬を連れて町を歩いているときに、ジョーダンがそういうことをやっているのを見たら、どうするかな？」

わたしは肩《かた》をすくめた。

「さあ、どうでしょう」

「よく考えて」

「たぶん……ジョーダンのことは無視《むし》して、犬がわたしから注意をそらさないよう気をつ

ける と思います」

「それでいい。きみは犬にごほうびのおやつをやって、気を散らすものの横を通りすぎる。まるでそんなものは、最初からそこにないという感じで。きみのボディランゲージ、つまり動作や表情《ひょうじょう》から伝わる情報《じょうほう》が非常《ひじょう》に大事になってくる。この部屋のなかを行ったり来たりして歩いてごらん」

わたしは背《せ》すじをのばしてどうどうと立ち、歩きだした。ここで失敗してなるものかと力んだところ、緊張《きんちょう》のあまり、つまずいた。

「きみは子犬を連れているときも、そういうふうに歩くつもりかな？」

「はい。ただしつまずかないようにして」

「強い目的《もくてき》意識《いしき》を持って歩く。視線《しせん》を一点に集中し、それでいてまわりのすべてが目に入ってくるようにしないといけない」

それを意識《いしき》して歩いてみる。

「今度は、呼吸《こきゅう》に意識《いしき》を集中して、自分にこういいきかせてほしい。『わたしは自信満々《じしんまんまん》、何があっても対処《たいしょ》できる』」

笑ったりせずにまじめに、くちびるも動かさずにやらないといけないのだろう。

「どんな感じがした？」

ルーミーは遊びをやめて、わたしをじっと見ている。

「さっきより楽な気分です。自分が強くなった気がしました」

「そして、オリーブ、あとひとつ、どれだけ強調してもたりないことがある。犬は飼《か》い主《ぬし》の気持ちを察知する。散歩をさせているときは、精一杯《せいいっぱい》自信をみなぎらせ、どうどうと歩かないといけない。それをパワーウォーキングという」

ブライアンはそこでにやっと笑った。

「わたしもむかしは、バカみたいに緊張《きんちょう》して歩いていたよ」

「信じられません」

「犬からたくさんのことを学んだよ。わたしは大手の広告代理店《こうこくだいりてん》二社で働いたが、どちらも職場《しょくば》に犬を連れてくるのは禁止《きんし》されていた。それで自分で代理店を始めたんだ」

それなら、会社の名前にはグッドワークス（人のためになる仕事）がぴったりだ！

ルーミーに目をむけると、むこうもわたしを見返してきた。見るからに賢《かしこ》そうな目をしている。この目を見るだけで、優秀《ゆうしゅう》な盲導犬《もうどうけん》として、すばらしい将来《しょうらい》が約束されているとわかる。

「それともうひとつ。きみとモーディーは力を合わせて、子犬が安全に暮《く》らせるよう家をととのえないといけない。わかるかな？」

「危険《きけん》がないよう、四つんばいになって、すみずみまで確認《かくにん》します」

これについては、とことん調べてあった。

子犬にとっては、あらゆるものが、かんで遊ぶおもちゃになる。

〈子犬が安全に暮《く》らせる家にするために、オリーブが考えたルール〉

次にあげるものはすべて、床《ゆか》におかない。あるいは子犬がジャンプしてもとどかないところにおく。

靴《くつ》
紙
えんぴつ
ペン
あらゆる食べもの
薬のびん
植物（子犬にとって毒《どく》になるものもある）
リボン
ゴミのすべて
本を入れるかばん、かばんに入っている本
雑誌《ざっし》

敷物《しきもの》……これは本来床《ゆか》におくものだけど、子犬がいるときはどけること。
タオル
トイレットペーパー
ティッシュ
ナプキン
まくら
あらゆる衣類。とりわけお気に入りのものはおかない。
(注意：被害《ひがい》にあうのは、いつだって気に入った服)
スリッパ
くつした
宿題(注意：いまの時代、犬が食べちゃいましたといういいわけは通用しない)
電気コードはすべてカバーでおおい、コンセントのさしこみ口を守るカバーも買う。
子犬のために部屋をととのえる仕事は一回やれば終わりではない。その後もずっと目を光らせて、危険《きけん》をとりのぞいていかねばならない。とにかく疲《つか》れる仕事であると、かくごしておくこと。

16 たいせつなおとどけもの

モーディーは室内で四つんばいになり、子犬にとって危険《きけん》なものがないかさがしている。そのすぐうしろからわたしがついていって、見逃《みのが》しがないように確認《かくにん》している。

「これは問題だ！」と、みずからさけんでいるようなものを、すでにわたしはいくつか見つけ、危険《きけん》なものと認定《にんてい》して、ふせんをはっておいた。

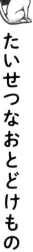

白いふわふわの椅子《いす》もそのひとつ。モーディーがフェイクファーをはったもので、それには「ルーミーがずたずたにひきさく可能性《かのうせい》大」とふせんに書いて、ぺたり。ピンクとゴールドの三《み》つ編《あ》みひもをうずまきにした敷物《しきもの》には「ルーミーが歯でカミカミする可能性《かのうせい》大」と書いて、ぺたり。

チョコレートの入った入れ物がソファのかげにおいてある。何かつらいことがあったとき、モーディーが助けを求めるようにして手をのばすものだけど、チョコレートは犬にとっては毒《どく》だ。それでふせんに、「こういうものは、まちがっても……」と、書きだしたところ、モーディーがわたしからチョコレートの容器《ようき》をさっとうばった。あざやかなグリーンの書棚《しょだな》のいちばん上にそれをおき、容器《ようき》の上にコアラのぬいぐるみをすわらせた。

「これで安全」とモーディー。

わたしはむじゃきに笑った。

いや、笑いごとじゃない。チョコレートは毒《どく》なんだから。

ここにパパがいてくれたらどんなにいいだろう。パパにルーミーを会わせたかった。小さくてかわいくて、きっと大好きになったはず。

ルーミーのために今日一日のスケジュールは決めてあった。何よりも優先《ゆうせん》してやらなければいけないのは、室内で暮《く》らすためのしつけと、外でトイレをするよう覚えさせること。新しい居場所《いばしょ》に早く慣《な》れて、ママや兄弟姉妹を恋《こい》しがらないよう手助けするのが、わたしの役目だ。

モーディーは家具の下をのぞいて、ルーミーを傷《きず》つけるものがないか、徹底的《てっていてき》に確認《かくにん》している。

わたしのために、モーディーはこんなにもがんばってくれている。それに気づいて胸《むね》がいっぱいになった。

「モーディー。ねえ、知ってる？」

「何？」

顔をあげた瞬間《しゅんかん》、モーディーはテーブルにゴツンと頭をぶつけた。

「モーディーは最高のお姉さん」

モーディーはぶつけた頭をさすり、床《ゆか》に落ちているペンを拾った。そうしてわたしの顔を見あげる。このごろモーディーは長い髪《かみ》をうしろできゅっとまとめずに、肩《かた》におろしている。以前よりもどことなくきれいで、表情《ひょうじょう》もやわらかい。わたしは急いで床《ゆか》をはっていって、モーディーをハグした。モーディーも抱《だ》きかえしてくる。でも、この姿勢《しせい》でハグをするのは難《むずか》しい……と思ったそばからバランスをくずし、生まれたばかりの子犬のようにひっくりかえって、モーディーが笑いだした。

そこでモーディーがわたしをじっと見る。

「これで準備《じゅんび》はととのったかな？」

ここまでとことん準備《じゅんび》をしたのは生まれて初めて！

外で車のクラクションが鳴った。

「来た！」

階段《かいだん》をダッシュでおりて玄関《げんかん》のドアをあけると、ちょうど子犬を運んできたバンがとまった。

運転席にすわっているクリスティーンを見ただけで、もううれしくてたまらない。

「たいせつなおとどけものです！」

クリスティーンはそういうと、運転席から飛びだして、バンのうしろへまわった。

そう、これはもう、ほんとうにたいせつなおとどけもの！

わたしの心臓《しんぞう》のあらゆる細胞《さいぼう》が激《はげ》しく鼓動《こどう》している。

幸せすぎて、心臓《しんぞう》発作を起こすことってあるだろうか？

そんなひどい話があるわけがない、だからだいじょうぶ。わたしは精一杯《せいいっぱい》大人に見えるよう、その場にどうどうと立った。感情《かんじょう》のゆれが激《はげ》しくて、すぐ動揺《どうよう》する人間とは思われたくなかった。

クリスティーンがケージからルーミーを出した。

ポーチに立って見ているモーディーは、顔がにやけてしかたない。クリスティーンがルーミーに声をかける。

「ルーミー。あなたはもうほんとうに、ラッキーな犬なのよ。オリーブとモーディーといっしょに暮《く》らせるんだから」

だめだ、大人に見えるように、なんていう意識《いしき》は一瞬《いっしゅん》のうちにどこかへ飛んでいった。だってルーミーがわたしを見るなり、うれしそうに、大はしゃぎしだしたんだから。わたしの勝手な想像《そうぞう》なんかじゃない。わたしに会うことは人生で最高にうれしいことだと、ルーミーはそう思っている。わたしがだっこできるよう、ルーミーがこちらへぐっと身を乗りだしてくる。思わず、声がもれた。

「ああ、もう、かわいすぎる……！」

モーディーもまったく同じ声を出した。

ルーミーをだっこしていると、もう人の目なんか気にならなくなった。だってここにやってきたその瞬間《しゅんかん》から、ルーミーが居心地《いごこち》よくいられるようにするのが、わたしのいちばんの仕事だから。学校で子犬の養育という授業《じゅぎょう》があったら、きっとわたしはA＋《エープラス》の成績《せいせき》をとっているだろう。

ルーミーがわたしの顔をぺろぺろなめて、髪《かみ》の毛《け》をかもうとする。わたしは笑いながらクリスティーンにいう。

「わたし、とことん気をつけます！　ぜったいにへまなんかしない！」

クリスティーンはケージと、犬の前足の絵がプリントされたバッグをバンから下ろした。

「大変な世の中で生きていると、心配すべきことはほかにいくらだってあるの。あなたがへまをするかどうかなんて、わたしの心配リストにはないから」

ルル・ピアースとバーバンクさんが、正面のポーチで待っている。バーバンクさんに抱《だ》っこされているバンスターは、あまりうれしそうじゃない。わたしはルーミーに教える。

「あれはウサギ。あなたのご近所さん。むこうのほうが先輩《せんぱい》よ。ルーミーはきっとほかの動物たちともうまくやっていけるよね」

ミセス・ドゥールが家の横手から、わたしたちのことをじっと観察している。このシェアハウスの住人はみんな、ルーミーがやってきたことで大騒《おおさわ》ぎをしてはいけないことを知っている。ルーミーがとまどってしまうからだ。

ブライアンにはこういわれている。

「これは引《ひ》っ越《こ》しであって――パーティーじゃない」

わたしにいわれせれば、バルーンを飛ばして、DJ《ディージェイ》を呼《よ》んでお祝いしたいぐらいだけど、新しい物事に慣《な》れさせるには、大騒《おおさわ》ぎは厳禁《げんきん》だとわかっている。

ルーミーを地面におろし、リードを首輪に装着《そうちゃく》する。生後八週間の子犬は、リードをつけられて歩くのがまだ難《むずか》しい。ポーチにたどりつくまでに、二十九回とまったのは、探検《たんけん》心をくすぐるものが山ほどあるからだ。

いろんなにおい。

草。

花。

茂《しげ》み。

それらがくりかえし目の前に現《あらわ》れる。

花と茂《しげ》みの上にルーミーがオシッコをしそうになったので、わたしは「ダメ」といって、ミス・ナイラが用意してくれた、ルーミー専用《せんよう》のトイレがある場所へむかう。大きな木の近くの、花を咲《さ》かせた低木の下だ。

あともうちょっとだったのに、ルーミーは木にオシッコをかけてしまった。ほんとうは土の上にしないといけない。

残念！　問題は、このトイレは、わたしが身をかがめて低木の下に入らないとウンチをとることができない点だ。それでも文句《もんく》をいうつもりはない。それに、ミス・ナイラが、ルーミーの名前のつづりをまちがえていることも、だれにもいわない。そこには愛らしい看板《かんばん》が立っていて、「Ｌｕｍｅｙ《ルーミー》のトイレ」と書かれていた。正しくは「Ｌｕｍｉｅ《ルーミー》」なんだけど。

みんな、とてもよくしてくれるなあと思って、胸《むね》がじいんとした。

玄関前《げんかんまえ》の階段《かいだん》。そんなに急ではないし、三段《だん》しかない。これならルーミーは自力で上がれるだろう。ルーミーが階段《かいだん》のにおいをかいでいるのを見て、ルル・ピアースが胸《むね》に手をあてていった。

「まあ、なんてかわいいの」

クリスティーンがバンに乗りこみ、クラクションを鳴らしてから走り去った。バンスターはルーミーに目がくぎづけになり、自由になりたくて、バーバンクさんの腕《うで》のなかであばれている。

バーバンクさんはバンスターの顔をじっと見ていう。

「種類はちがうが、おまえの仲間だ。仲よくなれるよう、がんばりなさい」

バーバンクさんがバンスターを地面におろしたところで、わたしは用意しておいたニンジンを一本、バンスターの鼻先にさっとさしだした。

「これ、ルーミーから」

バンスターはしばらく考えてから、ニンジンを口に入れた。これで平和が保《たも》たれた。少なくともしばらくのあいだは。

歩きながら、ひとつひとつルーミーに説明をしていく。

これはドア。

これはろうか。

これは階段《かいだん》。

わたしたちの部屋は二階だけど、料理はこの大きなキッチンでするの。

ただしこの大きな部屋は、まだ子犬にとって安全な場所にはなっていなかった！

「これはらせん階段《かいだん》。最初は上がるのが難《むずか》しいよ。わたしたちの部屋は二階にあるの」

ルーミーは三秒ほどじっとしていたけれど、それからすぐ自力で階段《かいだん》を上がろうとする。

「わたしがだっこして上がったほうがいいんじゃないかな」

いや、ルーミーは自分で上がる気だ。

「まだ無理よ」とモーディー。

ルーミーは階段《かいだん》の手前に立ち、じっと上を見あげている。首を横にふったかと思うと、一段目《いちだんめ》をめざしてぴょんと飛びあがる。

ひっくりかえった。

三度やってみて、三段《だん》まで上がれた。

それからキューンと鳴きだした。

「よくがんばったよ。残りはわたしが抱《だ》っこして上がってあげるからね」

子犬を抱《だ》っこして自分の部屋に上がっていくときの心地よさを、どう説明したらいいだろう。急ぐつもりはなかった。ゆっくり上がっていって、ドアの前に立つ。2B《ビー》と書かれたドアを指さしてルーミーにいう。

「ここが、わたしたちの部屋」

ルーミーが2B《ビー》のドアをくんくんかぐ。

「そうそう。においをかいで覚えるんだよ」

ドアの鍵《かぎ》をあけて、なかに入る。そのあとからモーディーが、ケージと犬のバッグを持ってついてくる。あらかじめ決めておいたとおり、ケージはソファの横においた。

ルーミーがあたりをきょろきょろ見まわす。見なれないものがたくさん。ルーミーの好きなように、においをかがせておくと、まもなく白いふわふわの椅子《いす》にまっすぐ近づいていった。おっと……。

けれどもルーミーは椅子《いす》をじっと見ているだけだった。友だちでも見るような目で。

「これは椅子《いす》だよ。ふつうはこんなにふわふわしてないんだ。ルーミーがこれに目をとめた気持ちはわかるよ。だけど、盲導犬《もうどうけん》の子犬は家具の上には乗っちゃいけないっていう決まりがあるの。いくらふわふわでもね」

わたしはルーミーのとなりにひざをついた。

「そうだよね。ここはまだ自分の家だと思えないよね」

そういってルーミーのおなかをさすってやる。

「わたしもまだ、自分の家だと思えないんだ」

17 真夜中

鳴くのはわかっていた。あらかじめ、ブライアンにいわれていたから。

けれど、まさかここまでとは思っていなかった。

かわいそうな、ルーミー。ママやきょうだいたちが恋《こい》しいんだ。

わたしは自分のベッドから毛布《もうふ》をひきずっていって、ルーミーのそばに移動《いどう》した。おもちゃをひとつ、目の前においてみたけど、興味《きょうみ》をしめさない。ルーミーをケージから出して、ひざの上にのせ、毛布《もうふ》を少しだけかけてやる。

「わかるよ、わかるよ」

言葉だけでなく、わたしにはほんとうにわかっていた。

なじみのものがひとつもない、何もかも新しい場所に移《うつ》されるのが、どんな気持ちか。

いままでずっといっしょだった、大好きなものたちが、恋《こい》しくてたまらない気持ちも。

「でもね、ルーミー、わたしのことだって大好きでしょ。友だちになってから今日で八日だよ」

ルーミーの写真をとって、親友のベッカに送る。ベッカはこの一週間、ろくなことがなかったらしい。

ベッカから返ってきた返事は――。

〈きゃああ、かわいすぎる！！！〉

わたしはルーミーにいう。

「ルーミーはたったいま、知らないところで、ひとりの人間を幸せな気分にしたんだよ」

ルーミーがスマートフォンをくんくんかぐ。

鳴きだしてしまうと、そばにいるほか、わたしには何もできない。

「だいじょうぶ、だんだんと慣《な》れるからね。環境《かんきょう》が変わるって、すごく大変だよね。でもルーミーとわたしには、大きな仕事が待っているの。ルーミーは盲導犬《もうどうけん》になって、だれかの人生を変えるんだよ。それってすごいことじゃない？」

　そこで、ルーミーがきょうだい犬のレオやライトニングと身をよせあって眠《ねむ》っている場面を思いだした。ほかの子犬の背中《せなか》に頭をのせているときもあった。ひょっとして、わたしも横になれば、ルーミーも身をよせて、ぬくぬくと眠《ねむ》れるのかな。それで横になり、声をかけた。

「ほら、そばにおいで。わたしのからだはあったかいよ。ほかの子犬ほどじゃないけど、人間としてはあったかいほうだから」

　ルーミーは身をすり寄《よ》せてはこなかった。けれどしばらく毛をなでながら、そっと話しかけていると、やがて眠《ねむ》った。


　ルーミーが鳴きながら目を覚ました。外に出てオシッコをしたいんだ。でも、こんな真夜中にモーディーのつきそいなしで、外に出ることはできない。それで起こそうとしてみたけど、モーディーは夢《ゆめ》の世界に行ってしまったように、ぐっすり眠《ねむ》っている。

「モーディー、犬を外へ出さないといけないの」

　モーディーは何かぶつぶついって、寝返《ねがえ》りを打った。どうしよう。いつもなら、ブラインドをあけて光を入れるところだけど、真夜中じゃ、それもできない。

「ねぇ、モーディー。部屋のなかでオシッコをしちゃうよ……」

ふだんより大きな声でいってみた。

するとモーディーが片目《かため》をあけて、ぶつぶついった。わたしは電気をつける。ルーミーが鳴いている。モーディーが起きあがった。

「わかった、わかった」

モーディーは靴《くつ》をはき、ルーミーを抱《だ》いて外へ運んでいく。トイレの場所まで来ると、身をかがめてルーミーを地面におろした。背《せ》の高いモーディーにとってはつらい姿勢《しせい》だ。

「オシッコ、した？」

「わからない」

「ビニール袋《ぶくろ》であたりをさぐってみるといいよ」

わたしはそういって、モーディーが見えるよう、懐中《かいちゅう》電灯で照らした。

「わたしって、犬を引きつけるのかしらね」

「犬だけじゃなくて、モーディーのことはみんな好きだよ」

見れば、ルーミーはモーディーの手にオシッコをひっかけていた。用がすむと、わたしのほうへとことこ歩いてきた。

「これからは、正しい場所にオシッコをかけられるよう、練習しようね。でも、午前三時のオシッコとしては、上出来だよ」

部屋にもどってまた寝《ね》ようとしたら、ルーミーがさみしそうに、鼻をくんくん鳴らした。

モーディーはリビングに自分の毛布《もうふ》を持ってきて、ソファの上に横になった。けれどソファはモーディーがベッドにするには長さがたりない。それでしばらくすると、モーディーもいっしょになって床《ゆか》に横になった。

「きっとママが恋《こい》しいんだね」

わたしがいうと、モーディーがルーミーの小さな背中《せなか》に片手《かたて》をのせた。電気は消えているけれど、闇《やみ》のなかでもわかる。暗くても目が見える犬と同じようにはいかないけど。

わたしのママについては、人からきいた話でしか知らない。おばあちゃんの話では、ママは世界を旅してまわりたかったらしい。パパに地球儀《ちきゅうぎ》をあげて、パパはそれを自分の棚《たな》の上に、モーディーの写真と並《なら》べておいていた。

その地球儀《ちきゅうぎ》を、モーディーとわたしはソファの横のテーブルにおいている。ママは実際《じっさい》に遠くまで旅したことはなかったけれど、いつでも冒険精神旺盛《ぼうけんせいしんおうせい》だったとパパがいっていた。パスポートもつくったけれど、結局一度もつかわないまま亡《な》くなってしまった。

「モーディーはお母さんのことを話さないよね」

モーディーはしんとなり、ルーミーも静かになった。

新しい場所でむかえる初めての晩《ばん》に、ルーミーは、ふたりの女性《じょせい》を床《ゆか》で添《そ》い寝《ね》させている。たいしたものだった。

わたしは横に寝《ね》ている姉のことをもっと知りたかった。半分だけ血がつながっているからハーフ（半分の）シスター（姉）。でも、わたしのために、たくさんのことをあきらめた相手を、そう呼《よ》ぶのはおかしい気がする。

「モーディーはお母さんに、会いに行かないの？」

わたしはきいた。

モーディーがはっと息を飲んだのがわかる。

「うん、あんまり。うちの母は難《むずか》しい人でね」

「そうなんだ」

へたなことをいいたくない。人にはだれだって、自分の心のなかだけに秘《ひ》めておきたいことがある。それを見せてもらいたいなら、相手が心のドアをあけてくれるのを待つしかない。

「いろいろ問題をかかえてるの」とモーディー。

「大変だね」

「離婚《りこん》したあとは、ママとわたし、ふたりきりになったでしょ。ママはすっかり気がめいっちゃって。わたしがパパに会うのをいやがった。ママはパパを憎《にく》んでいたの」

モーディーはそこで声を落としていう。

「わたしもママと同じでパパを憎《にく》んでいた。ずっとね」

あのパパを憎《にく》む人がいるなんて。もうこの話はやめたほうがいいのかな。

「パパに会ったのは、大きくなってから。そのとき、オリーブにも会ったんだよ。わたしが十六歳《さい》のときで、あなたはまだ赤ちゃんだった」

「赤ちゃんのころは覚えてない」

「わたしがオリーブを抱《だ》っこしている写真がどっかにあるよ」

わたしはくちびるをかんだ。

「わたし、何をしていた？」

「泣いていた」

「ごめん、迷惑《めいわく》かけて」

ルーミーが小さな声で鳴き、モーディーが声をかけてやる。

「だいじょうぶよ。何も心配ないからね」

やっぱりきいておかないといけない。

「わたしのママには会った？」

「ええ、会ったわ」

「好きになった？」

「えっと、それは難《むずか》しいな。オリーブのママはやさしくて、おもしろい人だった。でもわたしはパパに自分のママとずっと夫婦《ふうふ》でいてほしかったから、オリーブのママに怒《おこ》ってた」

時計が午前四時十一分の時刻《じこく》を知らせている。

「ちょっとオリーブ、こんなに夜ふかしして、まるでパジャマパーティーじゃない。もう寝《ね》なくちゃ」

寝《ね》ようとするけど、眠《ねむ》れない。

自分の家で過《す》ごした最後の夜につくった歌。それが頭のなかでずっと響《ひび》いている。

♪とってもたよりになる　あなた
あなたがいれば　だいじょうぶ
ほんとうなんだよ
だから　これから　よろしくね

モーディーの寝息《ねいき》がきこえないか、耳をすます。

「モーディー？」

「何？」

「まだ起きてる？」

「うん……」

「モーディーのママは、パパのことをどんなふうにいってた？」

モーディーが寝返《ねがえ》りを打つのが音でわかる。

「そういう話はしないほうがいい――」

「知りたいの」

モーディーがため息をついた。

「自分勝手だっていってた」

わたしは起きあがった。

「パパは自分勝手なんて言葉からいちばん遠い人間だよ」

「どういってたか知りたいっていうから、そのままいっただけ。ママは山ほど問題をかかえていて、宇宙《うちゅう》で起きるあらゆる悪いことを、みんなパパのせいにしていたの。あの人は信用できないってね」

なんてひどい人だろう。モーディーのママはどうしようもない人だ。

「わたしは、ママのそういう言葉をききながら育った。それはまちがっていると本人がいってくれればよかったけれど、パパはいなかったから」

「パパはどこにいたの？」

「よくわからない」

ふたりが横になっている部屋は電気が消えていて、窓《まど》が暗い夜空を切りとっている。相手の顔を見ずに、夜にむかって話しかけたほうが楽に話せるときがある――相手の心にとどくことを考えずに、ただ、いいたいことをいう。

とうとうモーディーの寝息《ねいき》がきこえてきた。

わたしは眠《ねむ》れない。

いろんな考えがつながって、頭のなかで詩のようになる。そういうときは、その考えにしっかり注意をむけなきゃいけないって、キャンプで教わった。

逃《に》がさないようにつかまえる。

紙に書きだす。

つながった考えは、わたしに何かを教えようとしているのだ。

モーディー、あなたはわたしを愛してる？
わたしには、愛されている自信がない。
「じゃあ、わたしはあなたを愛してる？」
モーディーにきかれれば、答えはイエス。
最近、わたしの胸《むね》には、モーディーへの感謝《かんしゃ》の思いがあふれている。
わたしのためにしてくれた、すべてのことに。
わたしは自分のすべてをかけてパパを愛してきて、
パパが死んだあと、からっぽになった。

それを何かでうめなくちゃいけなかった。

いつも前むきなモーディーが、わたしは大好き。

勇敢《ゆうかん》なところも大好き。

この変わった家のなかに、わたしたちの居場所《いばしょ》をつくってくれた。

そんなモーディーが大好き。

〝大きく暮《く》らす〟のポスターに、おかしな動物を描《えが》いて、笑わせてくれるモーディーが大好き。

ルーミーを育てていいといってくれたモーディーが大好き。

ふつうなら、きっとだめだというだろう。

いま床《ゆか》で寝《ね》ているモーディーが大好き。

ほんとうなら自分のベッドで寝《ね》られるはずなのに。

人を大好きになる、愛っていう感情《かんじょう》は、生まれながらに自分にそなわっているんじゃなくて、愛そうと決めたときに生まれるのかもしれない。

だれかを愛そうと決める。

アイスクリームのフレーバーをチョコにするかストロベリーにするかを決めるのとはちがう。

愛は無理に心からひきだすものじゃなくて、自然にわいてくる。

出会ってまだまもないころ、
わたしはモーディーを愛そうとがんばっていた。
愛が正しい場所に収《おさ》まるよう、少し力をくわえて、おす必要があった。
それがいまはちがう。わたしにとってモーディーを愛するのは自然なこと。
目覚めたときも、眠《ねむ》りにつくときも、モーディーを愛している。
モーディーも、そうだったらいいのだけど。

18 いい子

この子はわたしの犬じゃないから。そんなふうに思える日がほんとうに来るのかな？

決められたトイレの場所にきちんとしゃがんでいるルーミー。「いい子だね」とほめてから、低いところにのびる小枝《こえだ》をはらって、ふんをしまつする。

「ほんとうに上手になった。すごいよ」

ルーミーはしっぽをふる。

「ルーミーが世界一優秀《ゆうしゅう》な盲導犬《もうどうけん》になれるよう、わたしがなんでも力を貸《か》すからね」

ルーミーはくんくんと、地面のにおいをかぐ。

「目の不自由な人にどんな助けが必要か、いまいっぱい勉強してるんだ。そういうことを考えるのは初めてだからね。盲導犬《もうどうけん》が、いつも同じ場所でふんをしなきゃいけないっていうのだって、勉強して初めてわかったの。目の不自由な人が、ふんのあとしまつをちゃんとできるようにするためなんだって。どこでふんをしたのかわからなくて、ほうりっぱなしにしておくなんて、いやだものね。さあ、こっちへおいで」

リスが一匹《ぴき》、ルーミーの横を走っていく。ルーミーは追いかける気満々《まんまん》。よそへすぐ気をそらすというのは、盲導犬《もうどうけん》がぜったいやってはいけないことのひとつだった。

「リスはだめ。集中するの。ほら、こっちを見て」

またべつのリスがするすると木をのぼっていき、ルーミーがリードをぐいぐいひっぱる。

「だめ。わたしを見て」

いいながら、ルーミーの目の前に顔をつきだす。

「ほら、わたしだってかわいいでしょ？　よし、いい子だ」

モーディーがバンを運転してきて、目の前でとまった。紫色《むらさきいろ》と黄色のツートンカラーのスカーフを首に巻《ま》いている。はぎれを活用したもので、モーディーはなんでも自分でつくってしまう。

今日は土曜日の朝で、ルーミーをバンに乗せてドライブに連れていく。水道工事につかっていたバンには、まだパパのにおいがしみついている。

新しいものに慣《な》れさせることで、ルーミーは社会で強く生きていけるようになるという。そういえば、パパがよくいっていた。新しいことを学ぶたびに、人は少しずつ大きくなっていくんだって。それをモーディーに教えると、こんなことをいった。

「それだから、わたしはこんなに大きいのね」

モーディーの背《せ》の高さについては、説明がつかない。パパの背《せ》は高くないし、わたしも高くない。モーディーのママもそうだといっていた。

バンに乗りこんだとたん、胸《むね》がいっぱいになる。まるで思い出が、バックミラーにぶらさがったり、後部座席《ざせき》にすわったりして、こんなことがあったね、あんなこともあったねと、わたしにささやきかけてくるみたいだ。

今日は頭のなかで、自分がいま持っているもののリストをつくってチェックしていく。

☑愛
☑ワクワク
☑希望
☑チーズクラッカーの食べ過《す》ぎによる胃《い》の痛《いた》み

☑ママがいなくてさみしい気持ち
☑パパを恋《こい》しく思う気持ち
☑モーディーへの感謝《かんしゃ》

ルーミーは車の窓《まど》から外をながめている。

運転席からモーディーがいう。

「きのう、電話がかかってきた」

声の感じからすると、いい話ではなさそうだ。

「それがね、かんたんじゃなくて」とつけくわえる。

「世の中に、かんたんなことはあまりない」とわたし。

「もしオリーブの気が進まないなら——ことわってもいい」

「モーディー、話してくれなきゃわからない」

「あなたのおばさんのシールと、いとこのジーナが、このあたりにやってくるって……」

胃《い》の痛《いた》みがひどくなってきた。

モーディーがせきばらいをしてからいう。

「それで、ちょっとあいさつによらせてもらうって」

「だめ」

「まあ、わかるけど」

「だめ。ルーミーに会わせたくない」

「問題はね、オリーブ。よらせてもらっていいかしらって、きかれたんじゃなくて、『よるわね』っていわれたこと。今日の四時に訪《たず》ねてくる」

「家にいなければいい。いやな人たちとは会わない」

わたしはきっぱりいった。

「じゃあ、電話して、ことわったほうがいい？」

「うん。わたしたちはアラスカに行くからって」

「信じないわよ」

「そっか――じゃあアメリカの地図を思いだすから待って。そうだ、ニューハンプシャーに行くからって、そういって」

「じゃあ、べつの日に訪《たず》ねるっていわれたら？」

「無理。わたしたちはイギリスへ引《ひ》っ越《こ》すからって、そういって」

「オリーブ。そんなことといってても、らちがあかないわ。もしあちらが、親切心から来てくれるんだとしたら、どうする？」

お葬式《そうしき》のときにジーナの顔に浮《う》かんだ表情《ひょうじょう》が目に浮《う》かぶ。あの子がわたしに投げつけてきた、ひどい言葉。そのことはだれにもいっていない。

「みなしごになるって、どんな気分?」

パパの教えのなかで、百パーセントまちがっていることがある——ジーナはたったひとりのいとこなんだから、やさしくしなきゃいけないよ。何があっても。

パパのいうとおりにすればするほど、ジーナはますますわたしへの憎《にく》しみをつのらせる。もうかくしている意味もないと思い、お葬式《そうしき》でジーナにどんなことをいわれたか、モーディーに話した。

するとモーディーが車をとめた。わたしの顔をじっと見ていう。

「よくもそんなことを!」

わたしはルーミーを自分にひきよせた。あのときの心の痛《いた》みがぶりかえしてくると思ったのに、それほどでもなかった。

「そんなことをいわれて、がまんしている必要なんてないから。決まった。今日は、訪問《ほうもん》おことわり」

うまくいった。

バンで町をひとめぐりして、ルーミーにいろんなものを見せる。川にかかる赤い橋を渡《わた》り、白鳥も見たけれど、ルーミーの興味《きょうみ》の中心はリスだった。赤い橋はわたしの大のお気に入りだったので、モーディーは写真をとった。

それから車に乗ってケイトリン橋を渡《わた》る。この橋は一度に一台ずつしか車が通れない。モーディーがシールおばさんに電話をかけ、今度町に来るときは、早めに電話をしてくれるようにいった。

ふーっ、これでひと安心。

家に着いたときには時計は二時をまわっていた。

二時半に、バーバンクさんとバンスターといっしょに正面のポーチにすわっていると、シールおばさんとジーナを乗せた車がやってきた。ふたりとも、ニコニコして手をふっている。

「万が一ってこともあるでしょうから、ちょっと早めに来てみたの。そうしたら、いるじゃないの」

シールおばさんがいう。

またこの人たちと顔を合わせることがあったら、どうしたらいいか、カウンセラーのテスにいわれたことを必死に思いだす。

「理屈《りくつ》に合わない話なんだけどね。世の中には、人が何をしようと、つねに自分が上に立たなきゃ気がすまない人がいて、そのために相手をおとしめるの。こっちはいい迷惑《めいわく》だけど、そういう人間は、相手にしないのがいちばん。だれに対しても同じような態度《たいど》をとるのよ。あなたにだけじゃなくてね」

相手にしないのがいちばんといっても、すでにシールおばさんとジーナは、わたしに会うために車からおりて、玄関《げんかん》の階段《かいだん》に近づいてきている。ジーナの顔に浮《う》かぶあの表情《ひょうじょう》。何かひどいことをいうとき、必ずああいう顔になる。

わたしは立ちあがって、ウサギのバンスターに目をむける。

どうしてあんたは、獰猛《どうもう》な番犬のように、わたしを守ってくれないの？

おばさんとジーナはシェアハウスをじっくりながめていう。

「まあ、これって……チャーミングじゃないこと？」

そんなこと、心にも思っていない。いまの言葉が意味するのは、「まあ、以前は自分の家があったのに、いまはこんなところに住んでいるのね」ということ。

ジーナがいう。

「ここではテントで寝《ね》るの？」

なんといいかえせばいいか、わからない。わたしの場合、肝心《かんじん》なときに言葉が出てこなくて、あとになってから、ああいえばよかったとなる。

「あなたのお父さまは、亡《な》くなったあとに娘《むすめ》が生活していけるだけの十分なお金を残さなかったのね」とおばさん。

冗談《じょうだん》じゃない。もうがまんの限界《げんかい》だ。

ルル・ピアースが金と赤のデュクを頭に巻《ま》いて、さっそうと現《あらわ》れた。

まるでどこかの国の偉《えら》い女王さまのよう。こういう人を怒《おこ》らせたら大変なことになると、相手にそう思わせるだけの風格《ふうかく》がある。

「あーら、お客さまのようね、オリーブ。わたくしが邸内《ていない》をご案内いたしましょうか？」

「けっこうです」とジーナ。

「ぜひお願いしたいわ」とシールおばさん。

するとルル・ピアースがいった。

「わたしたちのあいだでは、ぜったいわすれてはならないルールがございます。相手への思いやりです。ここまでで、何か質問《しつもん》はございますか？」

わたしは声をあげて大笑いしそうになった。ルル・ピアース、やるなあ！

ジーナはうつむいてしまい、シールおばさんは無理やりつくり笑いを浮《う》かべている。無理がたたって、いまに顔がひび割《わ》れるだろう。

ルル・ピアースは威厳《いげん》たっぷりに手をさっとはらい、ふたりにいう。

「ない。ということでしたら、おふたりとも、こちらへどうぞ！　そうそう気をつけて歩いてくださいな。この家には古くからの歴史《れきし》がありましてね、非常《ひじょう》に重要な建築物《けんちくぶつ》なんです」

モーディーがルーミーを抱《だ》いてキッチンから出てきた。

「まずいことになったね、オリーブ」

ルーミーをかくしたほうがいいと、頭ではそう思うものの、心は強くなっていて、見せてやりたい気分になった。アメリカ一優秀《ゆうしゅう》な盲導犬《もうどうけん》の子犬を、このおばさんといとこに見せてやろうじゃないの。

ルルがふたりに説明している声がきこえる。

「こちらが家族の集まるリビングです。もちろん、居心地《いごこち》のいい読書コーナーもございます。ここにみんなが集い、だんらんをするんです」

二十分後、三人がポーチにもどってきた。ジーナはルーミーを見て、声をあげた。

「きゃああ、かわいい！　抱《だ》っこしたい！」

「だめ。まだ小さいから」

「お願い、オリーブ！」

「残念だけど、無理なの。この子は特別な犬で、現在《げんざい》訓練中だから」

「ふーん。だけど、なんの訓練？」

「盲導犬《もうどうけん》になるための訓練」

ジーナが笑いだした。

「オリーブ、あんた、盲導犬《もうどうけん》が必要になったの？」

「わたしはパピーウォーカー。たいせつな仕事をしているの」

「そうよ。そんなオリーブをみんな誇《ほこ》らしく思っているの」

モーディーがいった。背《せ》の高さを生かして、威圧感《いあつかん》たっぷりにどうどうと立っている。

こういう人に目の前に立たれたら、だれだってちぢこまってしまう。

「そろそろルーミーのお昼寝《ひるね》の時間なの。来てくれてありがとうね」わたしはいった。

「あんたといっしょに暮《く》らすことにならないでよかった」とジーナ。

わたしはにっこり笑っていう。

「ほんと。わたしもそう思う」

ジーナに背《せ》をむけ、玄関《げんかん》のドアをあけてなかに入っていく。あとから憎《にく》しみがついてくるのが背中《せなか》で感じられるけど、これだけははっきりしている。

あなたの憎《にく》しみは、この家には入ってこられない。

わたしがそうはさせない。

サラバ、ジーナ。

ルーミーの毛に顔をすりすりしながら、階段《かいだん》へむかう。ルーミーは自分で階段《かいだん》をあがりたいようす。下におろして、「がんばってごらん」といってやる。

ルーミーは三段《だん》まで上がったところで、ふりかえってわたしを見た。

「がんばったね、ルーミー」そういって、ごほうびのおやつをやる。

2B《ビー》の部屋の前まで歩いていって、自分にいう。

「がんばったね、オリーブ」
ごほうびにチョコレートを食べよう。

19 やるべき仕事

モーディーは一階の、みんなが集まる大きなリビングに、自分で描《か》いた絵の一枚《まい》をかざっている。パパの病室にかざった絵とはまたちがうヒマワリの絵。ヒマワリはママの育てていた花で、そのヒマワリをモーディーが絵に描《か》いてくれるのはとてもうれしい。モーディーとママがつながっているような気がするから。

ルル・ピアースのつくった図書コーナーはきっと世界一だと思う。みんなが集まる部屋のひとすみに書棚《しょだな》をおいて、だれでもすわって読書ができるよう、椅子《いす》を並《なら》べてある。

そうだ、わたしの味方になってくれる人のリストをつくろう。味方って言葉を、みんなはあんまり考えずにつかうけれど、わたしにとって、それは、身近にいて、何かあれば助けてくれる人。この子を傷《きず》つけるようなことが起きないかと、いつも見張《みは》ってくれていて、こまったことになったと見てとると、すぐあいだに入ってくれる。

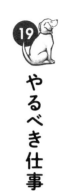

そういう人が、わたしにはこれだけいる。

モーディー
ブライアン
クリスティーン
ルル・ピアース
ベッカ
テス
おばあちゃん

たったひとりの十二歳《さい》を、これだけ多くの人たちが見守ってくれている。

わたしはモーディーのクッションを書棚《しょだな》からおろして、それによりかかった。こういうものは床《ゆか》におきっぱなしにしない。ルーミーがずたずたにしてしまうから。

背《せ》を起こし、ケージで眠《ねむ》っているルーミーに目をむける。まだほんの子どもだ。この子が一年後には、どうどうとした盲導犬《もうどうけん》になるなんて、想像《そうぞう》できない。子犬の時期はほんとうに小さくてかわいいけれど、ルーミーはこれからいろんなことを学んで大きくならないといけない。その手助けをわたしがするのだ。

そう思ったら、思わず笑みがこぼれた。盲導犬《もうどうけん》には飼《か》い主《ぬし》という味方がいる。

「ルーミーは、これからいろんなことを学んでいくんだよ」

世の中には憎《にく》しみがあふれている。そのなかで生きていくために、わたしはリストをつくらなきゃいけない。自分にはどういう力があって、どういう味方がいて、何ができるのか、それを思いだすために。

ルーミーが目を覚ました。宙《ちゅう》をくんくんかぎ、せつなそうな声で鳴きだした。トイレの時間だ。

もうシールおばさんとジーナはいないだろう。もしいたとしても、気にしない。わたしにはやるべき仕事がある。

「ルーミー、行くよ」

ルーミーがケージのなかから、とことこ歩いて出てきた。

「念のためにいっておくよ。ルーミーにはわたしっていう味方がついてるからね」

ルーミーの背中《せなか》をなでながらいい、自分の言葉をしみわたらせる。

ルーミーははずむような足どりで玄関《げんかん》ドアをぬけ、わたしといっしょに階段《かいだん》をおりていく。ポーチにはまだ、バーバンクさんがいた。おばさんといとこととのやりとりを見られていたと思うと、ちょっとはずかしくなった。

「あの女の子は、きみにひどく焼きもちを焼いているようだな」

バーバンクさんがいった。

「そんな」わたしは顔をうつむけた。「ちがうんです。わたしを憎《にく》んでるんです」

「いいことを教えよう。あの子はきみ以上に、自分を憎《にく》んでいる」

わたしはバーバンクさんに笑顔をむけた。話をしたいけど、いまはルーミーにオシッコをさせないと。そのあと自分の部屋にもどりながら、そうだ、バーバンクさんを味方のリストに加えようと思った。

今日はほんとうにいい日。

グッドワークスのカフェテリアにジョーダンが深刻《しんこく》そうな顔ですわっている。

「ハイ」と声をかけてみても、何もいわない。

「で、最近はどう？」

ジョーダンは肩《かた》をすくめる。

「新しい子犬はやってきた？」

「あの、優秀《ゆうしゅう》な若者《わかもの》を育てるプログラムのほうは、どんな感じ？」

いまのジョーダンは、先週より、ずっと優秀《ゆうしゅう》な若者《わかもの》に見えるよ、ちゃんと効果《こうか》が出てるってことだね。そういったら、ジョーダンは笑ってくれるかな。そんなわけはないか。

やっぱりきいてみよう。

「何かあったの？」

わたしがとなりにすわっても、ジョーダンは立ちあがって、歩みさったりしなかった。ただため息をついている。

「新しい先生に診《み》てもらったんだけど、以前の先生と同じことをいわれたんだ」

「それって、どういうこと？」

「ああ、きみにはいってなかったか。知ってると思ってた」

目がどんどん悪くなっている、ということらしかった。

「また視界《しかい》に影《かげ》がさしてくるだろうって。ほんの少しね。でもそれがこれからもずっと続く。ぼくのおじさんふたりがそうなんだ」

「知らなかった、ごめんね」

ジョーダンはまっすぐ前方に目をやっている。

どう言葉を続けていいか、わからない。つらいときに、他人の言葉でさらに傷《きず》つくってことがある。

「そうよ、気を強く持たなきゃ。お父さんも、きっとそういうはずよ」

そんなことをいってきた人がいる。

ちがう、パパならきっと、強がらなくていいって、そういってくれる。

「つまり、オリーブはいま、みなしごってことだよね」

ジーナはそういってから、「みなしごになるって、どんな気分？」ときいてきた。

わたしは「わたし」であって、「みなしご」じゃない。

そういった、人の言葉で傷《きず》ついた経験《けいけん》をジョーダンに話したら、首をふってこういった。

「きみをみなしごと呼《よ》ぶ人がいるなんて、信じられない」

「お葬式《そうしき》でいわれた」

「ひどいな。ぼくからきみに、ひとつたのみがある。目医者さんのいうことが正しいかもしれないし、医者でもまちがうことがあるかもしれない。どっちかわからないけど、もしぼくの目が悪くなったら、ものすごく悪くなったら、たのむから、こういうことはいわないでほしい。『この指、何本か、わかる？』なんてね」

「ぜったいいわないって約束する」

「それと、気の毒《どく》だとか、きみを見ていると勇気をもらえるとか、そういうこともいわないでほしい」

「わかった。でも勇気をもらえるっていうのは事実だから、それだけはがまんしてよね」

ジョーダンが笑顔になる。

「ぼくに、いってほしくないことは？」

わたしはため息をついた。

「えーっと、いちばんいやなのは、『わかるわ、あなたの気持ち』」

「ぜったいいわない」

「あと、『どう、調子は？』っていうのも」

ジョーダンがうなずいた。

「それともうひとつ。『何かわたしにできることがあったら、教えてね』」

「それもだめなの？　親切でいってくれてると思うけど」

「そういわれたからって、じゃあ、これならあなたにもできるから、やってちょうだい、なんて、いえると思う？　助けようって気持ちがあるなら、何ができるか、自分で考えるのがほんとうでしょ？」

考えこんでしまったジョーダンに、わたしはいう。

「ほら、たとえば、一年分のチョコレートを持っていってやろうとか、お金をたくさんあげようかとか」

ジョーダンがゲラゲラ笑った。

「きみは何があってもだいじょうぶだね」

「ジョーダンもね」

ルーミーがやってきて、ジョーダンの手に鼻をおしつけた。

「これは、どの犬？」とジョーダン。

えっ、わからないの？

そこまで目が悪くなってる？

「それはルーミー。ジョーダン、あの……」

ジョーダンが声をあげて笑う。

「冗談《じょうだん》だって！」

「やめてよ！」

ジョーダンがますます大笑いする。

わたしはいってやりたかった。ねえ、ジョーダン、この先、目がどうなっても、きっとあなたは、自分のするべきことがわかっていて、心からすばらしい人生を送れると思う。

でも、そんなことをいったら、気を悪くするかも。

自分だったら、そういうことをいわれたらどんな気がする？

悪い気はしない。

それで、そういってみた。

するとジョーダンは、すっくと立ちあがった。まるでエネルギーが全身をつきぬけていったみたいに。

「ぼくはこれまでずっと盲導犬《もうどうけん》にかかわる仕事をしてきた。その結果、ぼくの人生から、あきらめるという選択肢《せんたくし》は消えたんだ」

「わあ、なんか勇気をもらえる感じ。あっ、ごめん」

ジョーダンが笑った。

「この話を、スピーチにつかおうかな。盲導犬《もうどうけん》を育てる仕事について、どうしてそれをやっているのか、みんなの前で話さなきゃならないんだ」

そこでジョーダンはがっくりうなだれた。

「百人もの人を前にして」

「たくさんだね。でもきっとジョーダンのスピーチはみんなを感動させると思う」

「本番まで一か月しかないんだ」

「それだけあれば、準備《じゅんび》できるよ」

「逃《に》げだすこともね」

20 モフモフがあるさ

パピーウォーカーの仕事はいろいろある。

子犬の社会性《しゃかいせい》をやしなう。

子犬に基本的《きほんてき》なしつけをする。
子犬をルールにしたがわせる。
子犬に顔をなめさせる。
子犬に室内での決まりを覚えさせる。
養育レポートを書く。

たぶんわたしは、レポートにいろんなことを書きこみすぎていると思う。でもあることに関心をむけると、どこまでもとことんやるのがわたしの性格《せいかく》だった。

今週、ルーミーは自分の家族を恋《こい》しがって鳴くことはなくなった。いまではわたしたちを家族と思っているらしい。そう報告《ほうこく》できるのがうれしかった。

こちらはひとつ失敗をした。大箱入りのティッシュを床《ゆか》においたところ、リビングの床《ゆか》のあちこちに、ひきさいたティッシュの山ができてしまった。よくもまあここまで、徹底《てってい》的《てき》にやったものだとあきれたけれど、ルーミーのほうは、「すごいでしょ、ほめて、ほめて！」という顔。現場《げんば》をとりおさえたので、すぐに「ダメ！」としかったものの、ルーミーが、大きな目をまん丸にしてわたしを見つめているものだから、しまいにこっちも笑いだしてしまった。モーディーは、笑いだすまでに、もっと時間がかかった。

今週ルーミーが出会ったのは、消防士《しょうぼうし》、赤ん坊《ぼう》、チョウ三匹《びき》、警察官《けいさつかん》。警察官《けいさつかん》は駐車違《ちゅうしゃい》反《はん》をしたモーディーに違反切符《いはんきっぷ》を切ったのだけど、首をちょこんとかしげて自分を見ているルーミーに気づいたとたん、駐車違反切符《ちゅうしゃいはんきっぷ》をビリビリにやぶって、なかったことにした。

ルーミーはポーチに数時間いて、そのあいだ、たれ耳のウサギ、バンスターをじっと見ていた。バンスターはルーミーがやってきてから、ずっと緊張《きんちょう》しているようだ。

ルーミーはコーヒーの香りと、わたしの足の指のにおいが好き。

ルーミーは、モーディーがニコニコ銀行のためにつくった「幸せ」をテーマにした宣伝《せんでん》企画書《きかくしょ》を、楽しそうに、ビリビリとやぶった。やぶけてしまったのは、企画書《きかくしょ》のまんなかあたり。「日々《ひび》の小さな楽しみを見つけることのたいせつさ」について書いた部分だ。

モーディーはニコニコ銀行のために、「新しい日の力を信じよう」と題した企画書《きかくしょ》もつくったのだけど、それもルーミーがベッドの下にひきずっていって、「影《かげ》も形もなくなるまで」カミカミしてあるのを発見した。

「早く今日が終わって、新しい日になってほしい」と、モーディーはいった。

でも時間はまだ午前九時。

モーディーが企画書《きかくしょ》でうったえたとおり、ルーミーもモーディーも、うちの家族は、みんな幸せを見つけようとがんばっている。

でも、じつは最近、わたしは泣いてばかりいる。

そういうわたしを見ると、ルーミーがこっちへ歩いてきて、わたしの脚《あし》にからだをくっつけてくる。なぐさめてくれているのだ。どうしてこんなに泣いてばかりいるのか、自分でもよくわからない。きっとパパが恋《こい》しくてたまらないんだろう。

いっとき、いろんなスローガンを書いた看板《かんばん》を持つのがはやっていて、パパもひとつ持っていた。

「明日があるさ」と書かれたもので、それを見ると、さんざんに落ちこんだときに胸《むね》に希望がわいてくるらしい。

わたしはモーディーみたいに絵を描《か》いたりするのは得意《とくい》じゃないけど、自分のパソコンをつかって、こんなスローガンを書いてみた。

〝モフチフがあるさ〟

これをプリントアウトして、ルーミーのケージのドアの上にはっておく。

それを見たモーディーが声をあげて笑った。

「オリーブ、これ、売れるよ」

わたしたちは大きく暮《く》らしている！

モーディーは〝大きく暮《く》らす〟のポスターにふうせんをひとつ描《か》きたして、そのなかに、

「モフモフがあるさ」とスローガンを書きこんだ。

そんな毎日を送っているところへ、花束がとどいた。

黄色、ピンク、白のバラがたばねてあって、大きなリボンが結ばれている。まさに豪華《ごうか》のひとこと。

それからカードがとどいた。人をおどろかす巨大《きょだい》なカード。ルーミーのからだほどもある。その表紙にこう書かれている。

〝あらゆる瞬間《しゅんかん》にきみのことを考えている。起きているときも、寝《ね》ているときも〟

ルーミーがカードのにおいをかぎ、感心しないという顔をする。

それから、モーディーの元婚約者《もとこんやくしゃ》、ロジャーが現《あらわ》れた。

シンガポールから帰国したという。赤い車をシェアハウスの前にとめて、外へ飛びおりた。わたしはポーチで、北東盲導犬《もうどうけん》センターのルールブックを読みかえしている。

「やあ、オリーブ。久《ひさ》しぶりだね」

うわ、これはまずい……。

わたしは本を閉《と》じて、リュックに入れた。

「どう、調子は？」

まるでわたしに会えてうれしいみたいに、笑みを浮《う》かべている。完全な作り笑い。

「わたしは元気です」気分は悪いけど。

「これが犬？」

見ればわかるでしょ、といいたいが、わたしは礼儀《れいぎ》正しい人間なので、「はい。ルーミーです」と答えた。

ロジャーはどんな種類の動物にも興味《きょうみ》をしめさない人間だ。それがいま、しゃがんで「やあ、ルーミー」と声をかけている。

ルーミーはロジャーの手のにおいをくんくんかいでから、あとずさりした。「だれ、この人？」といいたげに、わたしの顔を見る。

「お姉さんはいるかな？　ずっと電話をかけてるんだけど、つながらなくて」

ちょうどそのときモーディーがドア口に立った。画家が着るようなすその長い白いシャツに、ジーンズ、サンダルを合わせ、肩《かた》につきそうなぐらい長いイヤリングをしている。

「いるわよ」とモーディー。

そのいい方が、気に入らない。まるでロジャーをずっと待っていたとでもいう感じ。そんなわけないのに！　それと、モーディーがきれいにしているのも気に入らない。まるでこの瞬間《しゅんかん》のために一生懸命《いっしょうけんめい》着かざったみたい。これはまずいことになりそうだ。

「いてくれてよかったよ」とロジャー。

ほんとうはロジャーに背《せ》をむけてポーチから出ていきたかったけど、モーディーを守らなきゃいけないという思いもある。なんだかモーディーは舞《ま》いあがっている。

ロジャーがモーディーに近づいていき、モーディーのほうからも近づいていく。それでわたしは両手をパチンと打ち合わせ、大きな音を立てた。

「そう、みんないるの！　よかったね」

ロジャーとモーディーがわたしの顔をまじまじと見る。ルーミーは混乱《こんらん》したようすですわっている。

ロジャーが口をひらいた。

「会いたかったよ」という言葉は、わたしにむけられたんじゃないのはわかっている。

するとモーディーがいった。

「ほんとうに？」

そんなわけない！　わたしはさけびたくなった。きっとロジャーはモーディーをからかってるんだよ！

ジョーダンが私道《しどう》を歩いてくるのが見えた。ここにいる子どもが、わたしひとりじゃないとわかって、すごくほっとした。

「ありがとう！　来てくれて！」大声でいった。

ジョーダンが近づいてきて、おどろいた顔をする。

「あっ……うん……」

「ジョーダン、この人、わたしの姉の元婚約者《もとこんやくしゃ》のロジャー」

わたしがそういった瞬間《しゅんかん》、みんながドン引きしたのがわかった。でもいってよかった。

だれかがいってやらなきゃいけない。

ロジャーがひきつった笑いをもらした。

「婚約者《こんやくしゃ》の前の、よけいな言葉はとってしまいたいな」

ジョーダンが腰《こし》をおろした。

「ぼくの姉さんにも元婚約者《もとこんやくしゃ》がいるけど、その人が会いに来ることは一度もないよ」

バーバンクさんが出てきて、ポーチにおいてあるゆり椅子《いす》にすわった。

「どうやら、雨になりそうだ」

するとモーディーがいった。

「ロジャー、ここでそういう話をするのは……」

突然《とつぜん》ロジャーが地面に片《かた》ひざをつき、モーディーの手をとった。その瞬間《しゅんかん》、冗談《じょうだん》じゃなく、ほんとうに雨がざーっと降《ふ》ってきた。ロジャーはポケットから指輪をとりだすものの、それを木製《もくせい》の床《ゆか》にあいた穴《あな》に落っことしてしまい、プロポーズの言葉だけが、モーディーにとどけられた。その言葉をここで再現《さいげん》するつもりはない。

バーバンクさんが椅子《いす》をゆらす。

「雨の予想はあたったな」

「ロジャー」とモーディー。

ロジャーはポーチの穴《あな》を足でつっついて、指輪をとりもどそうとする。

そこでジョーダンがいう。

「ぼくの姉さんは、指輪はとってあるんだ」

元恋人《もとこいびと》どうしのあいだに流れる複雑《ふくざつ》な感情《かんじょう》。それをおそらくルーミーは感じとったはずで、これも社会性《しゃかいせい》をやしなうのに役立つだろう。だけど、わたしはこれを、どんなふうにレポートに書けばいいだろう。たとえば――。


〝たとえダイヤモンドを持ってきたとしても、ぜったいに信用してはならない人間がいるということを、ルーミーは学んだ〟

モーディー、あなたはダイヤモンドに目がくらむような人間じゃないでしょと、大声でいってやりたい。

モーディーがロジャーの手をとっていう。

「なかに入って、話しあいましょう」

すると、バーバンクさんがいった。

「指輪はこっちで見張《みは》っておくよ。そこで光っているのが見える」

モーディーとロジャーは、大きなリビングに入っていく。

「おっと。リスが関心をしめしだしたな。おい、ダメだ、よそへ行け！」

バーバンクさんがそういって足を踏《ふ》みならすと、リスは逃《に》げていった。ルーミーがリードをひっぱって追いかけようとする。

「リスはやめとけ」

バーバンクさんがルーミーの顔の前に片手《かたて》をつきだし、自分の手のにおいをルーミーにかがせる。

人生の危険《きけん》な場面を乗り越《こ》える知恵《ちえ》。それがこれほどまでにほしいと思ったことはない。このままではロジャーにおし切られて、モーディーが結婚《けっこん》してしまうかもしれない。

そのとき、モーディーの大きな声がした。それに輪をかけて大きなロジャーの声も。それをきいてジョーダンがいった。

「ねえ、オリーブ。この調子なら、だいじょうぶじゃない？」

わたしはパパの万能《ばんのう》ツールをとりだして、ポーチの床《ゆか》から厚板《あついた》を一枚《まい》はずし、婚約指輪《こんやく》を救出《きゅうしゅつ》した。ロジャーが足音も荒《あら》くポーチに出てきて、ぶつぶつ悪態《あくたい》をついている。わたしから指輪をひったくると、赤い車をぶっとばして去っていった。

ジョーダンがいう。

「うまくいったってことだね」

モーディーがポーチに出てきた。もう舞《ま》いあがっているようすはまったくない。

バーバンクさんがモーディーを見て、首を左右にふる。

「あの男、ありゃダメだ……」

「わかってます」とモーディー。

「だが、車はいいのに乗ってるな」

ルーミーがモーディーに近寄《ちかよ》っていき、手に鼻をこすりつける。モーディーはルーミーの背中《せなか》をいつまでもなでている。

わたしははずした厚板《あついた》をもとにもどした。

わたしは直すのが好き。

放しなさい！

ブライアンに教わった、自信に満ちた歩き方を練習している。全身に力がみなぎって、勇気があふれだすのを想像《そうぞう》する。そのままどうどうと、胸《むね》をはって部屋に入っていくと、モーディーがギターを弾《ひ》いていた。きいていると、自然と首がうなだれてきてしまいそうな、ゆっくりした悲しげな歌。でもわたしは、背《せ》をまるめたりしない。

「ハイ」モーディーに声をかける。

「ハイ」

ソファの上にポスターをはったボードが立てかけてある。モーディーがつくったニコニコ銀行の宣伝《せんでん》ポスター。四すみのそれぞれに四角い枠《わく》があって、そこにいろんな笑顔が入っている。老人、若者《わかもの》、赤ん坊《ぼう》。宣伝文句《せんでんもんく》は次のとおり。

ニコニコ銀行のスタッフは、お客さまのお名前を知っています。
ニコニコ笑顔で、小銭《こぜに》も大事におあずかり。

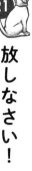

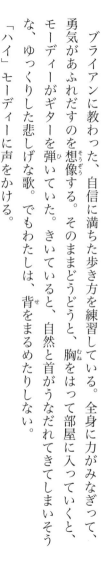

ニコニコ笑顔で、ワンちゃんのおやつもご用意しています。

ポスターにはルーミーの写真も入っていた。

「すてき！」

わたしは歓声《かんせい》をあげた。

モーディーはギターに目を落とす。

わたしはモーディーのとなりにすわった。

「ロジャーと何があったのか、話したければ、きくよ。パパもね、デートがさんざんに終わったとき、よくわたしにグチってたの。それに、学校でも、友だちはつらいことがあると、わたしに話をきいてもらいたがるんだよ。バス停《てい》で、同級生の親から相談を持ちかけられたことだってあるし。たぶん、わたしって話しやすいんだろうね。とちゅうで口をはさんじゃうのが悪いくせなんだけど」

モーディーはギターをつまびいている。

「話すようなことがあるかしら。とにかく、わたしは、ロジャーのいない人生に慣《な》れなくちゃいけないの」

婚約《こんやく》を破棄《はき》した人の気持ちはよくわからないし、なんだってモーディーは、ロジャーが去ったのを悲しんでいるのか、それもわからない。何か力になれるようなことをいってあげたい。

「ねえ、モーディー、大好きなものをあきらめなくちゃいけない気持ち、わたしにもわかるよ。それがどれだけつらいかも」

わたしは自分のギターを出してきて、モーディーのギターに合わせてチューニングする。

「わたしたちには、明るい歌が必要だよ」

それからふたりで、パパの好きだった歌を歌う。パパが『ゆううつを吹《ふ》きとばせ』と呼《よ》んでいたやつだ。

♪いったい何があったのさ
　こんな日に　しょぼくれた顔はにあわない
　空にはおひさま　ピッカピカ
　あまい空気に　気分もうっとり
　なんて　すばらしい
　今日もいい日だ
　ヘイ　ヘイ　ヘーイ！

ルーミーはギターや歌が好きで、わたしが床《ゆか》を踏《ふ》んでリズムをとる足を前足でちょいちょいさわってくる。それがくすぐったくて笑いだすと、今度は足の指をぺろぺろなめてきた。ルーミーはわたしだけじゃなく、モーディーのところにもいって、同じように足の指をなめる。仲間はずれにしたくないのだ。モーディーはひどいくすぐったがり屋だから、大笑いしながらギターをかきならして、そのまわりをルーミーがぴょんぴょん飛び跳《は》ねている。

♪いったい何があったのさ
こんな日に　しょぼくれた顔はにあわない
空にはおひさま　ピッカピカ
あまい空気に　気分もうっとり
なんて　すばらしい
今日もいい日だ
ヘイ　ヘイ　ヘーイ！

最後はギターをジャラジャラジャラジャー――――ンと盛大《せいだい》にかきならし、「ヘイ！」のひと声で終わる。

今日はルーミーを町に散歩に連れていく。出かける前に、水筒《すいとう》に水を入れようと、キッチンによる。キッチンにはバーバンクさんがいて、ランチの準備《じゅんび》をしていた。チキンのあぶり焼きを袋《ふくろ》から出して皿にのせ、テーブルにおいた。その瞬間《しゅんかん》、ルーミーが小さなうしろ脚《あし》で立ちあがって、チキンに飛びついた。皿が床《ゆか》にガシャンと落ちて割《わ》れ、ルーミーはチキンをくわえて逃《に》げる。

「ダメ！　ルーミー！　放しなさい！」

ルーミーはチキンを食べるのに夢中《むちゅう》で、こちらのいうことなど耳に入らない。

「放しなさい！」

三回どなって、ようやく放した。

バーバンクさんはランチにするはずだったチキンを拾ってゴミ箱に捨《す》てた。

「だからわたしはウサギにしたんだ。ベジタリアンなら、こんなことはしない」

「ごめんなさい」

わたしはあやまって、割《わ》れたお皿をしまつする。

ルーミーは少しも反省するようすがなく、チキンはおいしいということを学習しただけ。

バーバンクさんはツナの缶詰《かんづめ》をあけると、そら出ていけと、わたしたちを手で追い払《はら》う。

「ごめんなさい」

わたしはもう一度あやまった。

モーディーに話をしたら、町に行ってバーバンクさんにチキンを買って返したほうがいいということになった。

モーディーは今夜友人の結婚式《けっこんしき》で花嫁《はなよめ》のつきそいをやるというのに、わたしたちが初めての訓練で町に出るのにつきあうという。ほんの四ブロック先だから、わたしひとりでもだいじょうぶなのに。

ルーミーに訓練用の緑色のベストを着せる。

「かっこいいよ、ルーミー。これまでいろんなことを学んだよね。それを土台にして、これからもどんどん経験《けいけん》を積み重ねていこうね」

わたしは自信たっぷりにどうどうと立った。ルーミーがわたしの顔を見てくる。

「よし、行くよ」

ゴールにたどりつくまでに、永遠《えいえん》の時間がかかった。ルーミーがしょっちゅう足をとめるからだ。

そのたびに、わたしが教えてやる……。

「それは、アリ」

「それもアリだよ。うん、おもしろいよね」

「それはアリ塚《づか》」

「それは、だれかが半分食べて道に捨《す》てたホットドッグ。汚《きたな》いよ」とモーディー。

するとルーミーの注意を確実《かくじつ》にうばうリスが、目の前の木をするするとのぼっていった。わたしはルーミーにいいきかせる。

「いい、ルーミー、あれはリス。チキンとおんなじで、ぜったいにちょっかいを出したらダメなの」

町では、ジョーダンがニコニコ銀行で待っていることになっていた。この町には、盲導《もうどう》犬《けん》の子犬が入っても安全な場所がいくつかあって、この銀行もそうだった。ジョーダンのことは好きだけど、わたしには、ルーミーの散歩はひとりでできる自信があった。

大通りを歩いていくと、ニコニコ銀行の屋根についた、ニコニコマークの大きな看板《かんばん》が見えてきた。はっきりいって、銀行で笑顔を見たいとはあまり思わない。お金を守るというたいせつな仕事をしている人たちには、もっときびしい顔でいてほしい。

「よし。じゃあ道路を渡《わた》るよ」

わたしがいうと、ルーミーは安全な縁石《えんせき》のほうへさがろうとする。

「道路は渡《わた》らなきゃ。ルーミーだって渡《わた》れるよ」

するとルーミーはわたしから離《はな》れようとする。これはまずい。わたしはその場で足をとめてコマンド（命令）を出す。

「ルーミー、ヒール（そばについて）」

ルーミーはほんとうにやらなきゃいけないのかどうか、たしかめるような表情《ひょうじょう》でわたしの顔を見あげる。もう一度同じ命令を出すと、わたしといっしょに道路を渡《わた》った。

「いい子ね！」とモーディー。

だいたい十六人ぐらいの人が足をとめ、みな笑顔になって同じ歓声《かんせい》をあげる。

「うっわあああ！」

わたしは思いっきり晴れがましい気分になる。自分の人生をかけて、何かすばらしいことを行っているという気がする。銀行の前に立つジョーダンが見えてくると、ルーミーがふだん以上に激《はげ》しく、しっぽをぎゅんぎゅんとふる。

「いい子だ！　ぐっとたくましくなったぞ」とジョーダン。

さあ、銀行のなかに入ろう。きっとみんながいろいろきいてくるよと、クリスティーン、ジョーダン、ブライアンから、あらかじめ教わっていた。

「わあ、かわいい！」

「この子はいま何歳《さい》？」

「生まれて十二週間です」

「あなたは、盲導犬《もうどうけん》を育てるグループの、お手伝いをしているの？」

「はい、そうです。子犬を育てるのは初めてです」

「まあ、よかったわね。おめでとう」

「はい、ありがとうございます」

「なでてもいいかしら？」

「それができたらいいんですが、じつはこのベストを着けているときは、仕事の訓練をしているので、残念ながら、できないんです」

「人間をかむ？」

わたしはジョーダンに目をむけた。答えは百パーセント、ノーだ。ルーミーが人をかむわけがない。でも、まちがったことはいいたくない。

「かみませんよ」とジョーダン。

銀行の窓口《まどぐち》へ歩いていくと、男の人が身を乗りだして、ルーミーににっこり笑いかけた。

ルーミーはその人の顔をじっと見あげる。

「お客さま、今日はお口座《こうざ》を開設《かいせつ》しにいらっしゃったのですか？」

わたしは自分の口座《こうざ》を持っていて、パパが死んでから、毎月社会保障《ほしょう》から送られてくる小切手を貯金《ちょきん》している。

「いつでもいらしてくださいね」

窓口《まどぐち》の男の人がルーミーにいう。

銀行という場所で、こんなにたくさんの笑顔を見るのは生まれて初めてだった。

小さな女の子がさけんだ。

「見て、ママ！　ワンちゃんのヒーローだよ！」

ルーミーがしっぽをふると、女の子ははにかんだ顔で、わたしにいった。

「わたしも、お姉さんと同じことがやりたい」

ジョーダンがその子に、盲導犬《もうどうけん》センターのパンフレットをわたし、こういった。

「もう少し大きくなればできるよ」

「やった！」女の子がはしゃぐ。

「ようすを見てから決めましょうね」

娘《むすめ》にそういってきかせるお母さんに、わたしはいいたかった。お母さん、どうかやらせてあげて。そうすれば、この子は一生その経験《けいけん》をわすれないから。

わたしは床《ゆか》にひざをついて、ルーミーの背中《せなか》に手をふれた。ルーミーがわたしと並《なら》ぶ位置に移動《いどう》し、からだをぐっとおしつけてきた。これは犬のハグだ。

「そんなふうにしてくるって、すごいことだよ」

まるでわたしが知らないとばかりに、ジョーダンが教えてくれる。でもわたしは知っている。愛情《あいじょう》の感触《かんしょく》がどういうものだか。

「ルーミーとオリーブは、すごくうまくいってるんだね」とジョーダン。

それもわかっている。わたしにはこの仕事がちゃんとできる自信がある。

ニコニコ銀行を出て、笑顔を浮《う》かべる十六人の人とさよならをする。きっとこの銀行ではお札に印刷されている大統領《だいとうりょう》も笑顔を浮《う》かべているにちがいない。

子犬たちは、みんながみんな怒《おこ》りっぽくて、話もしないような場所に連れていかれることはないのかな。

ねえ、パパ。わたしはいまね、幸せな銀行で、犬といっしょにかけがえのない時間を過《す》ごしているの。

パパもママも、天国からわたしが見える？

22 かんたんな話じゃない

モーディーがひどくゆううつな顔をしている。でも、「ゆううつを吹《ふ》きとばせ」の歌を歌っている時間はなかった。

花嫁《はなよめ》のつきそいに、こんなドレスを着せようと考えた人間は、まともな神経《しんけい》の持ち主とは思えない。といっても選んだのはモーディーの友だちのマイラで、ふだんはまともな人だった。きっと花嫁《はなよめ》になるっていうのは、そうとうなストレスがかかるにちがいない。

ドレスには、ふうせんのようにふくらんだ長いそで。頭にかぶった、つばのだらんとしたチューリップ帽《ぼう》には花がいっぱいくっついている。

「死んだほうがましよ」というモーディーを、ルーミーといっしょに車まで送っていく。

ルーミーはひらひらしたドレスのすそが気に入ったらしく、さっきからずっとかみつこうとしている。

「ほんとうのことをいってよ、オリーブ。センス悪すぎだよね？」

わたしは「センス悪すぎ」以外の言葉をさがす。

ダサい。

どんくさい。

どちらをいっても、よけいに傷《きず》つきそうだ。

深く息をすってから、こういった。

「たしかに、センス悪すぎだけど、それはモーディーひとりじゃないから」

花嫁《はなよめ》のつきそいは、ほかに三人いる。

ドレスのすそにルーミーがちょっかいをかけるなか、モーディーは車に乗りこんだ。

「すぐに終わるって」

はげますつもりでモーディーにそういった。

けれど実際《じっさい》は、まだ始まってもいないのだった。

結婚式《けっこんしき》からもどってきて数日のあいだ、モーディーはずっとだまりこくっていた。世界一センスの悪いドレスを着たショックが原因《げんいん》——だとは思えない。

窓辺《まどべ》に立って、外をじっと見ている。

ため息をつく。

〝大きく暮《く》らす〟の絵に、花や大きなケーキの絵を描《か》き加える。

芸術家《げいじゅつか》というのは、何を考えているのかわからず、こちらから話しかけにくい。

わたしのほうはいま、ルーミーをきびしくしつけている。

「ダメ。わたしの靴《くつ》は食べない」

「ダメ。わたしのサンドイッチは食べない」

「ダメ、バンスターを追いかけちゃ、ぜったいダメ」

結婚式《けっこんしき》から五日がたって、モーディーが切りだした。

「結婚式《けっこんしき》にロジャーが来てたの」

ルーミーとわたしは、ふりかえってモーディーの顔を見た。

モーディーはゴホンとせきばらいをする。

「話をすることになった」

それってどういうこと？

「いろいろ複雑《ふくざつ》でね」

それはもう、わかってる！　やっぱり、いわないといけない。

「あの人は、モーディーにふさわしくない」

モーディーがわたしをにらんだ。

「オリーブとロジャーは、おたがいのことを知りあうチャンスがなかったから」

パパのお葬式《そうしき》で、ロジャーにいわれたことを話すべき？

あんなにはずかしいドレスを着るはめになったのに、モーディーは花嫁《はなよめ》のつきそいをしたことで、自分も花嫁《はなよめ》になりたくなったの？

「オリーブ、これはわたしの人生よ。うまくいっていないように見えても、実際《じっさい》はうまくいってるってことがあるの」

ルーミーがわたしに顔をむけた。ほら、何かいってやれ、といいたげに。

「ねえ、どうしてモーディーはロジャーが好きなの？」

モーディーは両手に目を落とした。マニキュアをしていない、たくましい手。

「そうねえ、こういうと変に思われるかもしれないけど、あの人がいて初めて、わたしは完成する」

変だよ、変。

「ロジャーとわたしは正反対だけど、ふたり合わせると完全なものになる」

完全なものって何？　図形の授業《じゅぎょう》が思い浮《う》かんだ。それって、三角形と円を合わせるようなもんじゃない？　ぴったりはまるはずがない。

「おっと」

わたしはいった。

ルーミーがオシッコをしたがっている。

外に出して、トイレのある場所まで連れていった。

「さっきはルーミーもちょっと心配になった？　でもだいじょうぶだからね」

ルーミーを安心させるよう、胸《むね》をはってそういったものの、ほんとうにだいじょうぶかどうか、自分でもわからない。

23　これが真実

今日わたしが持ち合わせているのは……。
☑愛
☑力
□ぶれない心——うーん、どうだろう……。

□希望――持つようにがんばっている。
☑悲しみ――パパがいなくてさみしい。
☑社会に役立つ力――アメリカ一優秀《ゆうしゅう》な盲導犬《もうどうけん》の子犬を育てている。
☑ロジャーのこともふくめて、自分の将来《しょうらい》に対するどうしようもない不安！！！

モーディーは、アニメ映画《えいが》のプリンセスみたいに、家のそこらじゅうで歌を歌っている。もうすぐ夢《ゆめ》が実現《じつげん》するとでもいうみたいに。

ろうかに出れば、バンスターにも声をかける。

「こんにちは、ご近所さん。このすばらしい日に、あなたの調子はいかが？」

バンスターはとりあわず、階段《かいだん》をぴょんぴょんおりていってしまった。

こわいけど、やっぱりいわなくちゃいけない。

「モーディー、話があるの」

モーディーはピンクのスカーフを肩《かた》にふわりとかけて、窓辺《まどべ》でくるりと半回転した。

わたしは気《き》を利かせ、自分の日記といっしょにコーヒーを濃《こ》いめに入れて持ってきた。

コーヒーの入ったカップをモーディーにわたす。

すると、にっこり笑って、ひと口飲んだ。

「うーん、おいしい」

わたしは深く息をすって、まずこういう。

「このことは、まだだれにもいってないの」

「わかった」

モーディーはそういって、わたしが話しだすのを待つ。

「お葬式《そうしき》で、わたしにひどいことをいったのは、ジーナだけじゃなくて……」

そこまでいって、日記をひらく。お葬式《そうしき》でロジャーにいわれた言葉を書いておいたページだ。

「いわれたあとに、すぐ書いたの。日づけと時間もちゃんと入れて」


午後1時47分。ランチのすぐあとで、ロジャーがわたしにいった。

「で、きみはだれと暮《く》らすつもり？」

まだ決まっていなかったので、ロジャーにそういった。

するとロジャーがいった。

「しっかりたしかめたほうがいいよ。相手がほんとうに自分といっしょに暮《く》らしたいと思っているのかどうか。そうじゃないと……」

「そうじゃないと……」といったあと、しばらく間をおいてロジャーはこういった。

「そうじゃないと……おそろしく不幸な人生を送ることになる」

それだけいってロジャーは歩みさった。まるでおなかをけられたような気分だった。

その下には、ジーナに、「みなしごになるって、どんな気分?」といわれたことが書いてある。

モーディーの顔色が変わった。コーヒーをおくと、わたしの日記帳を持って、ふわふわの白い椅子《いす》の上にすわり、同じページを何度も読んでいる。

わたしはごくりとつばを飲んだ。

「あのね、モーディー、これはつくりごとじゃなくて、ほんとうに——」

モーディーが車をとめる警察官《けいさつかん》のように、片手《かたて》をあげた。

「信じるわ」

そういって日記帳を閉《と》じた。わたしは顔をあげて天井を見あげる。モーディーが青くぬった天井には、ふわふわの雲がふたつみっつ描《えが》かれている。

この状況《じょうきょう》にはそぐわない。

「オリーブ。もしわたしが過去《かこ》にもどって、あなたに投げつけられた残酷《ざんこく》な言葉を消すことができるなら、きっとそうする」

わたしはうなずいた。

「まさかあの人が、こんなことをいうなんて。考えもしなかった。だからあなたに約束する。こういうことをいう人と、わたしは一生をともにする気はまったくない。でも、ひとつ教えて。どうしていままで話さなかったの？」

自分でもよくわからなかった。

「そんなことをいう権利《けんり》は、自分にはないと思ったから」

「正しいことをいう権利《けんり》はいつだってあるわ。だれかに傷《きず》つけられたときは、なおさらそうよ」

いまこそ、姉妹がハグをするのにうってつけの場面。わたしたちはひしと抱《だ》きあった。

なんとか申し開きをしようと、それから毎日のようにロジャーが電話をかけてきて、金曜日には赤い車でやってきた。

モーディーはポーチで彼《かれ》をむかえた。

「はるばる遠くからやってきたけど、ムダ足だったわね」

ポーチには、ルル・ピアースとバーバンクさんもいる。わたしはポーチの真上にある寝《しん》室《しつ》にいて、窓《まど》を大きくあけはなしている。なんでもよくきこえる。

「ふたりだけで、話せないか？」とロジャー。

二階の窓《まど》から、わたしは首を横にふった。

「いいえ」とモーディー。

「きいてくれ、ぼくらは結婚《けっこん》しなきゃいけない。子どもの暮《く》らす場所はどこかべつにあるはずじゃないか？」

もしいま、お祭りのヨーヨー水ふうせんを持っていたら、ここからロジャーの頭に投げつけてやるのに。

するとモーディーがいった。

「いいえ」

そうことわるモーディーの口調が、どんどん歯切れよくなっていく。

ロジャーはまだあきらめない。

「きみは、自分の人生に、足かせをかけたいのか？」

「わたしの人生にはオリーブが必要なの。あなたじゃない」

バイバイ、ロジャー。

24 人の力になる

いつのまに八月もなかばになったのだろう。

ルーミーはもう生後十四週目に入り、同じ盲導犬《もうどうけん》の子犬たち十一匹《ぴき》といっしょに、ブライアンの家の裏庭《うらにわ》をかけまわって遊んでいる。今日は盲導犬《もうどうけん》の子犬を育てている仲間たちが集まる子犬クラブの日だ。

ルーミーのような小さな子犬たちは同じ場所により集まって、ぴょんぴょん飛び跳《は》ねて遊んでいる。それより年上の子犬たちは、幼《おさな》い子犬たちを落ち着かせる役目をにない、そのあいだ、パピーウォーカーたちは子犬を見守りながら話をする。

「じつはちょっと不安なことがあって、アドバイスをもらえれば……」

わたしはクリスティーンにむかって切りだした。

「ミスティ、おりなさい。ダメ！」

クリスティーンがどなり、わたしはかまわず先を続ける。

「つまり……わたし、ちゃんとできているかどうか自信がなくて、それに……」

「ライトニング――ダメ！　そうそう、いい子ね」

それからようやく、わたしのほうにむきなおった。

「オリーブは子犬を育てるのは初めてでしょ。だから気にはなってたの」

「よし、おまえたち――反省！」

そういったのはブライアンで、二匹《ひき》の子犬をひき離《はな》している。

よそへ気をそらすことなく、目の前の話に集中する。人間にとっても難《むずか》しい訓練だ。

ブライアンもこっちへやってきて、わたしの相談相手は大人ふたりになった。ルーミーがバーバンクさんのあぶり焼きチキンを盗《ぬす》み食いしたことをふたりに話してから、こうきいた。

「どうすれば、盗《ぬす》み食いをやめさせられますか？」

「肉にはあらがいがたい魅力《みりょく》があるんだよ」

「カウンターやテーブルのほうへすい寄《よ》せられるように近づいていくんです。キッチンに入るたびに」

ブライアンは、だいたいなんでもわかっている。

「ここは荒療治《あらりょうじ》が必要だな。ハンバーグをテーブルにおいて、そこへルーミーを連れてくる。ルーミーがハンバーグのほうへ行こうとしたら即《そく》、『ダメだ』ときっぱりという。そこでやめれば、ごほうびのおやつをやる。これを数回くりかえしてごらん」

「わかりました」

「そして、ルーミーがちゃんと学んだかどうか、確認《かくにん》しないといけない。キッチンに、ルーミーとハンバーグをおいて、きみはよそから観察する」

「ええっ！　もし食べてしまったらどうするんですか？」

「同じ訓練を何度もくりかえす。盗《ぬす》み食いはどんな形であろうと、ぜったいダメだとわからせなきゃいけない。床《ゆか》に落ちた食べ物もだ。落ちているものが目に入ったとき、ルーミーはどうする？」

「わかりません」

「何か落としてみて、ルーミーの反応《はんのう》を見るといい。もしそちらへ近づいていこうとしたら、即《そく》ストップをかける。ルーミーは頭がいい。きっとわかるようになるよ」

カウンターの上にモーディーのピザがおいてある場面を想像《そうぞう》する。自分が手を出さずにいられるかどうか、自信がない。盲導犬《もうどうけん》になるための訓練はきびしい。

「歩くのは上手になりました。前のように、しょっちゅうとまるようなことは、もうありません」

「それはすごいな。「それはすごいな。このへんには動くものがたくさんあるからね」

そこでお知らせがあった。

来週、子犬クラブのメンバーは地元の大学へ行って、学生たちのストレスをやわらげるイベントに参加するという。多くの大学生がルーミーをだっこしたり、ほかにもいろんな活動をしたりすることになる。きっとルーミーは大よろこびだろう。ふだんは、外に出ているとき、人からなでてもらうことはないからだ。そこでブライアンがいう。

「これは犬と学生の交流イベントだ。学生たちは心地よさを感じ、犬たちは遊べる。このときにはベストをぬがせて、犬たちに仕事ではないことをわからせる。ただし、ルーミーはまだ小さすぎる。たくさんの人間になでまわされて、子犬のほうにストレスがたまらないよう、目を光らせてやってほしい」

どうして大学生がストレスまみれになるのか、よくわからない。学校は始まったばかりでも、きっといまからもう最終試験のことで頭を悩《なや》ませているのかもしれない。

「わかりました。わたしのほうで、何か特別に知っておかなきゃいけないことはありますか？」

ブライアンがにやっと笑う。

「きみはストレスについて何か知っているかな？」

「はい、いやというほど」

「じゃあ、楽勝だ」


「さあ、ルーミー。ストレスまみれの大学生たちを助けにいくよ。図書室でくよくよしている人たちが、みんなあなたを必要としているの」

わたしはチーズの小さなかけらを床《ゆか》に落とす。するとルーミーはわたしの顔を見て、それからまたチーズに目をもどした。

「ダメ」わたしはいった。

ルーミーがため息をつく。

「いい子ね！」

わたしはおやつをあげ、ルーミーを思いっきり強くハグした。

子犬クラブのメンバーは三台の車に分乗して出発した。わたしはブライアンとブライアンの育てている子犬ボルダー、フィルとフィルの育てている子犬レイニー、さらにもうふたりのメンバーと、それぞれが育てている子犬、ミスティとマライアと同乗する。たがいのからだに折りかさなるようにして一台の車に乗り合わせるわけで、これだけたくさんの犬がいると、かえってストレスになる。

ルーミーはわたしのひざの上にすわってご満悦《まんえつ》。

「今日やること、わかってるよね」

ルーミーに声をかけたところで、大学の門が見えてきて、ブライアンが車をとめた。

「みんなにかわいがられるんだよ。ルーミーの特技《とくぎ》のひとつだね」

わたしはここに来るのが初めてで、まるで勝手がわからなかったけど、ブライアン、フィル、レイニーは以前にも来たことがあるという。図書室の入っている建物の前に立っている守衛《しゅえい》さんが、地面にひざをついてボルダーをなでた。

それからわたしたちを案内して、建物のドアをぬけて、ろうかを歩いていく。歩きながら、ブライアンがわたしたちにあらかじめ注意を与《あた》える。

「もし犬がそばにいるのをこわがる学生がいたら、その気持ちを尊重《そんちょう》して、そっとしておくように」

図書室に入り、みんなが足をとめた。クラブのメンバー全員が会場にそろっている。わたしたちは犬のベストをぬがせた。

「さあ羽をのばせ」とブライアン。

年上の子犬たちはその言葉をきいて、今日はここに仕事で来たのではないとわかる。

ルーミーはここにいられるだけでうれしそうだった。学生ふたりがルーミーを見て、歓《かん》声《せい》をあげる。

「うわあ、かわいい――――！」

みんなで子犬を連れて、図書室のなかをパレードのように練り歩く。

ある女子学生は顔をあげるなり立ちあがり、降参《こうさん》するように両手をあげた。

またべつの女子学生は床《ゆか》にひざをつき、そこに一匹《ぴき》の子犬が近づいていく。

からだの大きな男子学生がルーミーに近寄《ちかよ》ってきた。床《ゆか》にすわるとこういった。

「やあ、おちびちゃん」

ルーミーはその学生のひざに頭をのせた。

「そのしぐさは、あなたのことを気に入ったというしぐさです」

わたしは教えた。

その学生さんは、ルーミーをぎゅっと抱《だ》きしめて、「ぼくはテキサス出身で、実家で飼《か》っている犬が恋《こい》しくてしょうがないんだ」という。ルーミーはその飼《か》い犬のかわりになって、学生さんになでられ、ハグをしてもらう。もう数人の学生もこちらへやってきた。

「やあ、こんにちは。こんな子がいたらいいな。この大学の寮《りょう》で暮《く》らさない？」

どうする？　というように、ルーミーがわたしの顔を見る。わたしは首を横にふった。緊張《きんちょう》した顔の男子学生が、両手をポケットにつっこんで壁《かべ》ぎわに立っている。こわくないですよといってやりたかったけど、笑顔をむけるだけにした。

気がつくと、目の前にストレスまみれの学生さんたちの山と、ストレスとは無縁《むえん》の子犬たちの山ができていた。子犬たちはそばに来る学生にかたっぱしから幸せを与《あた》えている。わたしはルーミーにおやつをあげて、「いい子ね」といってやる。けれどルーミーのほうは、もうそんな言葉はききあきていた。何人もの学生から、いっせいに同じことをいわれているのだから。

そろそろルーミーをこっちへひっぱってきたほうがいいかな。負担《ふたん》がかかりすぎているかもしれない。ルーミーのほうは、あわれっぽい声で鳴くこともなく、あとずさりもしない。しっぽだって脚《あし》のあいだにひっこめてはいない。こういった兆候に目を光らせているようにと、ブライアンから教わっていた。ルーミーは、すみのほうではずかしそうにしている女子学生に身をすりよせている。ああいう人にこそ、子犬を抱《だ》きしめることが必要なんだと思う。女子学生は、ルーミーの毛に顔をうめた。

「いい学校みたいですね」わたしはその人にいった。

「そうだといいんだけど」その人がそっといった。

「ここではみんな、犬のことを理解《りかい》していています。それっていい学校の証拠《しょうこ》です」

女子学生が声をあげて笑い、「そうね!」といって立ちあがった。

こちらに笑顔をむけてから、今度はうしろにいる、べつの女子学生とおしゃべりをしだした。

学生さんたちが緊張《きんちょう》を解《と》いて、表情《ひょうじょう》がくつろいでくるのがわかる。つまり、わたしたちはちゃんと成果をあげている!

と、ルーミーがせつなそうな声で鳴きだした。オシッコをしたいのだ。

大勢《おおぜい》の学生にかこまれていて、外に出すのは難《むずか》しい。壁《かべ》ぎわに立っていた緊張《きんちょう》した顔の男子学生が、ようやくルーミーのほうへ近づいていって、頭をなでてやろうと手をのばしている。

もう遅《おそ》い。

図書館の、受付デスクのそばに敷《し》いてある青い敷物《しきもの》の上に、ルーミーはオシッコをした。

「やだ! ごめんなさい!」

わたしがあやまると、司書さんは笑ってくれたので、ずいぶんほっとした。学生さんたちもみんな大笑いしている。

「だいじょうぶですよ」と司書さん。

ブライアンは顔をしかめていて、わたしの対応《たいおう》に不満を持っている。もっとしっかりしなきゃだめじゃないかといわれているようで、これがほんとうにつらかった。

「ごめんなさい。わたし、どうかしていました」ブライアンにあやまった。

「よくあることだよ」

ブライアンはそういって、ペーパータオルと、消臭《しょうしゅう》スプレーをわたしてくれた。

「ほんとうに、ほんとうにごめんなさい」

オシッコのしまつをしながら、ブライアンの顔に少しでも笑みが浮《う》かばないかと、ちらちら顔を見ている。

「よくあることだ」

ブライアンは同じことしかいわない。

ストレスを解消《かいしょう》するためのイベント会場にいながら、わたしはものすごく強いストレスを感じている。爪先《つまさき》からおなかへ、ストレスが上がっていくのがわかる。

もっと気をつけているべきだった。ルーミーがオシッコをしたがっているのに、なぜもっと早く気づかなかったのか。

家に帰る車に乗っているとき、わたしはブライアンにいった。

「もう二度と同じ失敗はくりかえしません」

「オリーブ、失敗はまだこれからもするよ。みんなそうなんだ」

けれどルーミーは最高の犬。わたしもそうなりたかった。

「今日はたくさんの人の力になった。それをいちばんに考えてごらん」

ブライアンがそういった。


〈人の力になることについて、オリーブの考えること〉

1　人の力になろうと思うなら、いつでも行動を起こしてかまわない。
2　笑顔を見せるといった、ほんのささいなことが大きな成果を生む。
3　子犬といっしょに出かければ百人力。

25 危険《きけん》

ハンバーグのにおいがキッチンいっぱいに広がっている。

「ルーミー、これはテストだからね」

ルーミーはわたしの顔をまっすぐ見あげ、ハンバーグのにおいをかいでいる。

「ハンバーグの誘惑《ゆうわく》に負けない訓練だよ。それがうまくいったら、次はモーディーにアイスクリームをやめさせられるかどうか、やってみようね」

ロジャーと別れて以来、モーディーはアイスクリームを爆食《ばくぐ》いしていた。

フライパンのなかでハンバーグが焼けた。

「これはルーミーのためにつくったんじゃないからね」

ルーミーはわたしの顔をじっと見あげる。まるでわたしが世界の中心でもあるかのように。ルーミーの目には、どこか深いところから発しているような特別な光が宿っている。

ハンバーグをプラスチックの皿にのせ、カウンターの上におく。

「ルーミー、おいで」

ルーミーはハンバーグから目が離《はな》せない。

それから深いため息をついた。

「ダメ！　ルーミー、おいで！」

ルーミーがハンバーグに背《せ》をむけて、わたしのほうへ歩いてくる。

「いい子だね！　ほら、オーガニックの七面鳥からつくられた、おいしいおやつだよ」

そういって粒状《つぶじょう》のドッグフードをやる。

ルーミーはハンバーグをふりかえっている。

「あれは、ルーミーのじゃないの」

そういって、もうひとつ、おやつをやった。

ルーミーは裏庭《うらにわ》でボールをつかって遊んでいる。犬はずっとボールに夢中《むちゅう》だけれど、百回ほども投げてやると、人間のほうは少したいくつしてくる。ミス・ナイラがホースをつかって庭の植物に水をやっている。

「きれいですね、ミス・ナイラ」

「ありがとう。この庭はわたしの宝物《たからもの》なの」

「わたしのママはヒマワリを育てていました」

「そうなの？」そういって庭を見渡《みわた》す。「ここにヒマワリがあってもいいわね。あの花にはどうどうとした威厳《いげん》があるもの。植えるときには、手伝ってもらえる？」

「はい、よろこんで」

わたしはボールを遠くへ転がした。ルーミーが飛びかかっていくものの、ボールはとまらない。

「ルーミー、とっておいで！」

ルーミーは全力で追いかけていき、しっぽがぴんと立っている。

そのとき、わたしの目が大きな動物をとらえた。

ばかでかいアライグマ。妙《みょう》な声をもらしていて、どこかふつうじゃない感じ。

「ルーミー！　おいで……」

声をひそめて、でも必死になって呼《よ》んだ。

アライグマは調子が悪そうで、ルーミーのいるほうへむかって、ゆっくりと歩いていく。脚《あし》がうまく動かないようだ。

ルーミーをつかまえようと、わたしはかけだした。けれどルーミーのほうは遊んでいると勘違《かんちが》いして、さらに遠くへ走っていってしまう。アライグマを追いこしてルーミーのもとへ先にたどりつくのは無理だ。

「ルーミー。おいで。もどっておいで」

ルーミーは動かない。

アライグマがじりじりと近づいていく。わたしは必死になってあたりに目を走らせ、投げつけるものがないかさがす。熊手があった！　それをつかんでふりまわし、「出ていけ！」とアライグマにどなる。

けれどすぐそばにいるルーミーにあたってしまいそうで、熊手を投げることはできない。

水の音。そうだ！

「ミス・ナイラ、水をお願い！」

ミス・ナイラがふりかえり、状況《じょうきょう》をのみこんだ。やさしい顔にふいにきびしい表情《ひょうじょう》が浮《う》かんだ。

「ルーミー、おいで」

できるだけどうどうと、自信を持っていった。

ミス・ナイラはホースの先のノズルをまわし、パワーのあるジェット噴流《ふんりゅう》を発射《はっしゃ》した。

アライグマはおびえてフェンスを飛び越《こ》し、となりの裏庭《うらにわ》をつっきって姿《すがた》を消した。

「やった！」

わたしはさけび、手から熊手を落として、ルーミーのもとへ走る。

「だいじょうぶだからね」

泣かないようにがんばりながら、ルーミーを抱《だ》きあげた。

「だいじょうぶ、だいじょうぶ」

いいながらルーミーのやわらかな毛に顔をうずめる。

ミス・ナイラがやってきて、わたしの肩《かた》に腕《うで》をまわす。

「ルーミーなら、だいじょうぶよ」

わたしはふるえていた。ルーミーのほうは落ち着いている。

「ミス・ナイラ、ルーミーを助けてくれてありがとう」

ミス・ナイラがにやっと笑う。

「チームワークの勝利といったところね」

ルーミーはわたしにからだをぴったりくっつけて、顔をじっと見あげている。そうそう、こうでなくちゃいけない。

「ルーミー、おいでといったら、すぐ来る。呼《よ》ばれたら、何があろうと、大急ぎでもどってこなきゃダメ」

図書館のオシッコ事件《じけん》のあと、今度はアライグマに襲《おそ》われる事態《じたい》になった。今週のピーウォーカーの評価《ひょうか》はきっと最低点だろう。

この子は信頼《しんらい》できないと、ブライアンに思われませんように。

事件《じけん》のあとでブライアンに報告《ほうこく》の電話をした。その一時間後にブライアンがやってきた。

「読むようにいわれた本はぜんぶ読みましたけど、アライグマのことは、どこにも書いてありませんでした」

ブライアンはルーミーの顔をじっと見る。

「そう、アライグマは想定外だった。それもまたマニュアルにのせておくべきだろう。悪さをする可能性《かのうせい》もあるからね」

ブライアンはルーミーを抱《だ》きあげ、顔の前にかかげる。ルーミーはブライアンの耳がなめたくてしょうがない。

「調子はどうだい、おちびさん？」

ルーミーがしっぽをふる。まるで何も起きなかったような顔。

わたしのほうはいまにもパニックにおちいりそうだった。心臓《しんぞう》が激《はげ》しく鼓動《こどう》し、ふつうに呼吸《こきゅう》するのが難《むずか》しい。

ブライアンがにっこり笑う。

「どうやら、きみがこの子のかわりに傷《きず》を負ったという感じだな。子犬のほうはぴんぴんしている」

「わたしに、怒《おこ》ってないんですか？」

ブライアンがふしぎそうにわたしの顔を見る。

「どうして怒《おこ》らなきゃいけないんだい？」

よけいなことを思いださせないほうがいいかも……。

ブライアンのうしろに立つミス・ナイラが、もうわすれなさいというように、首を横にふっている。

ブライアンがルーミーをわたしに返してきた。

「優秀《ゆうしゅう》なパピーウォーカーのもとでは事件《じけん》は起きないなんて話はない。犬が病気になる場合だってあるし、ひどいアレルギーを発症《はっしょう》することもある。ちょうどきのう、大人の盲導《もうどう》犬《けん》が、近所で飼《か》っている闘犬《とうけん》用のピットブルに襲《おそ》われたんだ」

「その犬、回復《かいふく》するんですか？」

思わず声が大きくなり、すぐにルーミーに目を落とした。ルーミーもわたしの顔を見あげている。

「ああ。強い犬だからね。それにオリーブ、きみはよくやっているよ。十分すぎるほど、しっかりめんどうを見ている」

わたしは必死になってうなずく。

「はい」

それだけいうと、口に両手をあてがって、その状態《じょうたい》でゆっくり息をすってはく。ほんとうは紙袋《かみぶくろ》がいいらしいけれど、わたしが過呼吸《かこきゅう》のパニック発作を起こすことがあることをブライアンは知らない。これからもずっと知らずにいてほしい。

アライグマに襲《おそ》われるまえは大学でストレスまみれの学生を相手にし、そのまえはモーディーのろくでなしのボーイフレンドと対決した。

パピーウォーカー、オリーブ・ハドソンの一週間が終わった。

ルーミーをケージに入れて、かんで遊べるおもちゃを与《あた》えると、自分はソファにバタンと倒《たお》れて、それきり動けなくなった。これぐらい、どうってことないと思いたいけど、実《じっ》際《さい》はもうへとへとだ。

26 ジョーダン

セミナーのスピーチ原稿《げんこう》を書くのを、ジョーダンはずっと先延《さきの》ばしにしていた。

試しに、わたしがきいてあげる。なんなら顔が見えないよう、べつの部屋にいてもいい。

そう提案《ていあん》したけれど、ことわられた。すでにお母さんの目の前で、スピーチの練習をさせられたらしい。「落ち着いて、もっとゆっくり」と、何度も同じ注意を受けたという。

「……ってことは、原稿《げんこう》はぜんぶ書きあがったんだね？」わたしはきいた。

「もちろんだよ！」

「わたしに読んでほしい？」

「いや、いい」

「わたしも何か力になれないかって、そういうことをきくのはやめてほしい？」

「ああ」

「ジョーダン、きっとぜったいうまくいくよ」

ジョーダンは何かぶつぶついい、新しい黒ぶちのメガネを鼻の上でずらす。

「スピーチの最後は変えたよ」

「そうそう、終わり方が難《むずか》しいんだよね」

ジョーダンはルーミーの頭をなでてやる。それがすむと、わたしたちに背《せ》をむけて、そそくさと歩いていく。

目がよく見えないのに、どうしてあんなに速く歩けるんだろう。きっとあのメガネが優《ゆう》秀《しゅう》なんだ。

「ジョーダン！」

わたしは走って追いついた。

「たのみがあるんだけど、いやならいやだって、気をつかわずはっきりいってね」

「わかった。はっきりいわせてもらう」

わたしはすかさずきいた。

「わたしも会場に行って、スピーチをきいてもいい？」

ジョーダンはメガネをはずした。目をごしごしこすりながら、だまっている。

「ものすごく静かにしてるよ。それに、もしよければジョーダンといっしょにルーミーをステージに上げてもいいよ」

「ステージじゃない、演壇《えんだん》だ」

「演壇《えんだん》だって、ルーミーはだいじょうぶだよ」

ルーミーがわたしの顔とジョーダンの顔を見る。ジョーダンはまたメガネをかけた。

「べつにきみが気をつかう必要はないんだ」

「わかってる。で、すわるのは前がいい、うしろがいい？」

「母さんのとなりにすわって、おかしなことをさせないよう、見張《みは》っていてほしい」


ジョーダンの晴れの日。

わたしは大きな部屋のどまんなかにすわっている。壁《かべ》には、〈若者《わかもの》のリーダーシップを考える会〉と書かれた横断幕《おうだんまく》。リーダーらしく見えるよう、自然と背《せ》すじがぴんとのびる。

べつにわたしは、この会で訓練を受けているわけじゃないのに。

ジョーダンのスピーチはなかばまで来て、いきなり早口になった。そうかと思えば、はっとして、またゆっくりになる。ジョーダンお手製《てせい》の、盲導犬《もうどうけん》の子犬のポスターが、二度はがれて床《ゆか》に落ちた。わたしのとなりにすわっているジョーダンのお母さんは、まるでホラー映画《えいが》でも観ているように、胸《むね》の前でネックレスを固くにぎりしめている。

そんなにハラハラしなくてもいいのに。ジョーダンはよくやっている。

ルーミーもジョーダンといっしょに演壇《えんだん》に上がっていた。ものすごくお行儀《ぎょうぎ》がよくて、わたしは鼻が高い。時計を確認《かくにん》すると、終了《しゅうりょう》まであと四分だった。

と、ジョーダンが動きだした。

自分の描《か》いたポスターから離《はな》れて、演壇《えんだん》の前方へルーミーのリードを引いて歩いていき、ジョーダンのあとをルーミーがついていく。

ジョーダンのお母さん、ミセス・ファインゴールドがひそひそ声でわたしにいう。

「あの子、何をするつもりかしら？」

たのむから、おかしなことはしないでください、ミセス・ファインゴールド。

ジョーダンは大きく息をすって、会場をうめる子どもたちを見渡《みわた》す。ルーミーのリードを固くにぎりしめ、まるでそこから勇気をもらおうとしているようだった。

「スピーチの最後に、とても個人的《こじんてき》な話をします。ぼくには、視覚障害者《しかくしょうがいしゃ》で尊敬《そんけい》する人が大勢《おおぜい》います。なかでもヒーローとあがめているのが、モリス・フランク。彼《かれ》は1929年に設立《せつりつ》された、盲導犬《もうどうけん》を供給《きょうきゅう》する慈善団体《じぜんだんたい》『シーイングアイ』の創立者《そうりつしゃ》のひとりです。

当時、目の不自由な人たちは、現在《げんざい》とはちがうあつかいをされていました。

モリス・フランク自身も、『きみは目が見えないのだから、これは無理だよ』と、たくさんの人たちから、そういわれてきました。それに対してフランクは、必ずこう答えました。『もちろん、できるさ』と。

彼《かれ》はアメリカ初の盲導犬《もうどうけん》、バディをパートナーにして活動し、盲導犬《もうどうけん》の育成に道をひらき、盲導犬《もうどうけん》をパートナーとする人たちが世界中で受け入れられるようにしました。つまり、モリス・フランクは、目の見えない人たちに、自信と自由をもたらしたわけです。

ぼくはこの話をきいて、人ごととは思えませんでした。なぜならこのぼくもまた、目に病気をかかえているからです」

ミセス・ファインゴールドがティッシュで目もとをおさえている。

「今後どうなるか、先のことはわかりません。いまよりもっと見えなくなるかもしれないし、そうじゃないかもしれない。けれどどっちに転んでも、ぼくは人生をあきらめない。あきらめるなんて、とんでもない」

そこでジョーダンはにっこり笑った。

「盲導犬《もうどうけん》の子犬を育てる仕事をしてきたことで、ぼくの人生から、あきらめるという選択肢《せんたくし》は消えたのです」

そこでジョーダンがわずかにうしろへ下がり、ルーミーも同じことをした。さらにもう一歩、ジョーダンが下がったとき、スタンドから、またポスターが落ちてしまった。

ジョーダンは笑いながらいう。

「落としてしまったのは、緊張《きんちょう》していたからで、見えなかったせいではありません！」

わたしたちもいっしょになって笑った。ミセス・ファインゴールドは胸《むね》の前で両手をにぎりしめ、「まあまあまあ！」と感激《かんげき》している。

「では、これでぼくの話は終わります。ご静聴《せいちょう》ありがとうございました」

会場は総立《そうだ》ちになって、拍手《はくしゅ》の嵐《あらし》がわきおこった。ジョーダンは落ちたポスターを拾いあげる。

けれどルーミーは拍手《はくしゅ》が好きじゃなく、圧倒《あっとう》されて、わずかにあとずさりする。それに気がついて、ジョーダンが会場のみんなを静かにさせた。

この会の会長が登場し、ジョーダンと握手《あくしゅ》をする。わたしはルーミーを外へ出そうと演《えん》壇《だん》のほうへ歩いていった。ジョーダンがにやっと笑って、わたしにリードを手わたす。

「やったね！」とジョーダンにいい、それから自信たっぷりの足どりで会場の出口へとむかった。ルーミーもならんでいっしょに歩いていく。

「ルーミーは子犬たちの先頭に立つリーダーだよ、知ってた？」

いつの日か、わたしもリーダーになれるかもしれない。

27 学校

いつのまに九月になってしまったの？

ルーミーは生後十七週目に入って、必要なワクチン接種《せっしゅ》をすべてすませている。つまり、もうどこへでも行けるというわけ。

けれど九月に入れば、まもなく学校が始まり、わたしは七年生になる。学校と、ルーミー。どうやってやりくりをつければいいのか、まったくわからない。モーディーといっしょにスリー・ブリッジ・ミドルスクール（日本の小学校六年生から中学二年生にあたる、六年生から八年生までが通う）に行って転校手続きをすませ、エディントン校長先生に会う。ルーミーをいっしょに連れていったのは名案で、校長先生はルーミーとわたしについて、なんでも知りたがった。リードにつながれたルーミーがどんなに上手に歩くかを校長先生に見せたものの、先生の興味《きょうみ》はそこにはなかった。

「じつはね、オリーブ。あなたとルーミーが全校集会でみんなの前に出て、盲導犬《もうどうけん》の子犬を育てる仕事についてお話をしてくれたら、とてもうれしいんだけど」

校長先生にそういわれて、わたしはモーディーに顔をむけた。

「いいじゃない。オリーブと盲導犬《もうどうけん》センターについてみんなに知ってもらう、またとない機会だと思う」

それならわたしはもっと、こぢんまりした集団《しゅうだん》がよかった！

「この学校のみんなは、あなたとルーミーに会えて大よろこびすると思いますよ。それに、たしかジョーダン・ファインゴールドも同じ仕事をしているのよ。彼《かれ》はうちの八年生。知っているかしら？」

「友だちです。ただ、全校集会については、センターにきいてみないといけません。子犬のできること、できないことは、すべてセンターが判断《はんだん》することになっています」

「ええ、そうでしょうね」

校長先生はわたしたちを案内して校内をひとめぐりし、最後は講堂《こうどう》に入っていった。

「ここは六百人を収容《しゅうよう》することができます」

わたしは息を飲んだ。

「一度に、ですか？」

「ええ、そうです」

モーディーに目をむけると、両方のまゆをつりあげていた。わたしに、落ち着きなさいといっているのだ。六百人の前に立って話をするなんて、冗談《じょうだん》じゃない！

いまいちばんの心配は、日中わたしが学校へ行っているあいだ、ルーミーの世話をモーディーがちゃんとできるかどうかだ。それでモーディーに考えてもらうために、かんたんなリストをつくったら、〝やりすぎ〟だといわれた。わたしのほうは、モーディーがそんなふうに感じたことにショックを受けた。

そんなに大変なことは書いていないはずだった。

1　勤務《きんむ》中であっても、ルーミーに百パーセント注意をむけることができるか？

2　オフィスの近くにルーミー専用《せんよう》のトイレをつくり、うっかりべつの場所でオシッコをしないよう、定期的にトイレをつかわせることができるか？
3　昼休みには、毎日たっぷり時間をかけて、ルーミーを散歩させなくてはならない。そのため、ランチはデスクですませることになるが、かまわないか？
4　ルーミーのあらゆる行動について、毎日わたしに報告《ほうこく》すると約束できるか？
5　たまらなくいそがしくて、頭が変になりそうでも、ルーミーをだっこしてかわいがる時間を必ず確保《かくほ》できるか？
6　あらゆる危険《きけん》から、つねにルーミーの身を守ることができるか？
7　ルーミーにさわりたがる人に、ペットではないことをきちんと教えられるか？
8　ルーミーにあげるのは、盲導犬《もうどうけん》センターから支給《しきゅう》されるおやつだけで、それ以外はいっさいあげないというルールを守ることができるか？
9　一日中、ルーミーが新鮮《しんせん》な水を飲めるように用意することができるか？
10　仕事中はデスクのそばにすわらせておき、会議でデスクを離《はな》れるときには、必ずルーミーも連れていく。それができるか？
11　ルーミーを外に連れだすと、いろんな人からいろんな質問《しつもん》を受けることになるが、正しく答えられるよう、わたしが書いておくQ＆Aをすべて暗記することができるか？

12　わずかでも病気の兆候や異変《いへん》を見つけたら、即《そく》、獣医師《じゅういし》のところへ連れていけるか？

いったい、これのどこが〝やりすぎ〟なの？

いいかげんな仕事をして、結局何も結果を出せない。そういう例が世の中にはいくらでもあることを思いだしてほしい。

さらに、モーディーがかんたんに記録できるよう、わたしのほうで報告書《ほうこくしょ》のフォーマットも考えておいた。毎日これに記入して、一日の終わりにわたしに提出《ていしゅつ》するようにいったら、それを見たモーディーが、なんともいやそうな顔をした。信じられないかもしれないけど、その気になればモーディーにも、こういう顔ができる。

「そういうものに、毎日記入するつもりはないから」

「なぜ？」

「なぜって、必要ないから。オリーブ、そういうのを高圧的《こうあってき》っていうのよ」

高圧的《こうあってき》？

それが何を意味するか、六年生のときの「生活技術《せいかつぎじゅつ》」の授業《じゅぎょう》で、みんなで話しあったからよくわかる。そんな言葉で侮辱《ぶじょく》されるなんて！

強いストレスを感じるあまり、はきそうになった。ずっとたよりにしてきたモーディー。

わたしのためになんでもやってくれたモーディー。同じことをルーミーにもしてほしいと、そうたのんでいるだけなのに、どうして……。

ルーミーが必要とする、もろもろの仕事を、モーディーはカンペキにやろうとは思っていない。

それでどうして、わたしは学校へ行けるだろう？　授業《じゅぎょう》に集中なんかできない。

「オリーブ。落ち着いて」とモーディー。

わたしはすわっている椅子《いす》の両《りょう》ひじを固くにぎりしめる。

「それをつかえば、カンペキな報告書《ほうこくしょ》が書けるのに」

そういうと、モーディーが席を移動《いどう》して、わたしと正面からむきあった。

「きいてちょうだい。いろんな計画を立てて、やるべきことのリストをつくって、そのとおりにやろうとする。それはいい。でもね、一日が終わってふりかえってみるとどう？　だれもカンペキになんてできないの」

それに盲導犬《もうどうけん》センターの規則集《きそくしゅう》はすべて読んだし、自分はやれるだけのことをするつもりだからと、モーディーはそうもいった。

あまりに動揺《どうよう》していたので、わたしはモーディーにありがとうをいうのもわすれていた。

そもそもモーディーが、ルーミーを飼《か》うことを最初に承諾《しょうだく》してくれなかったら、ルーミーは、いまここにいないはずだった。

学校が始まる前の晩《ばん》、わたしはルーミーと散歩をしながら、じっくり話してきかせた。

「これからは、いままでと少しちがった毎日になるからね。でも、一日に二回、わたしが散歩に連れていくし、ブライアンの会社にはルーミーの友だちがいっぱいいるよ。みんなからいっぱい愛されて、かわいがってもらえるよ。でもね、わたしほどルーミーが大好きで、大事に思っている人間はいないからね。わかった？」

ルーミーはこれまで教えてきたとおり、わたしの顔をじっと見つめている。目に映《うつ》る、ほかのどんなものより、飼《か》い主がいちばん大事だと思って、わたしに注意を集中させる。それができたのはすごいことだと、ブライアンにいわれた。

だからこそ、ここで自分が仕事から離《はな》れるのはいやだった。

それに、とことん正直にいえば、わたし以上に、ルーミーがモーディーになついてしまうのがこわかった。自分をあまやかして好きなことをさせてくれる人がいる。だったらわたしは、その人のほうが好き。そう思われてしまったら、これまでの苦労が水の泡《あわ》になる。いやモーディーはそんなことはしない。わたしはきっと、心のどこかで、これから日中ずっとルーミーといっしょにいられるモーディーに焼きもちを焼いているのだろう。

不安と焼きもち。この組み合わせは、まったく手ごわい。

28 ハッピーバースデイ、パパ

明日は九月三十日で、パパの誕生日《たんじょうび》。むかしのわたしの家に近い、おばあちゃんのアパートへ、モーディーの運転する車でむかう。パパの人生をみんなでお祝いするのだ。

パパはカントリーミュージックが好きだったから、ギターを持っていって歌を歌う。

パパは犬が好きだったから、ルーミーも連れてきた。ルーミーはいま後部座席《ざせき》で眠《ねむ》っている。

バーベキューに目がなかったパパに敬意《けいい》を表してバーベキューもやる。ベッカとベッカのママも来てくれる。

そうして、みんなでパパのお墓《はか》を訪《たず》ねる予定だった。

お祝いはしたいけど、墓地《ぼち》には行きたくない。

パパの墓前《ぼぜん》におそなえできるよう、ミス・ナイラが、バスケットに美しい花をつめてくれた。わたしはまだ、パパのお墓《はか》を正面からまともに見ることをしていない。

天気予報《よほう》は雨で、もしザーザー降《ぶ》りになったら、墓地《ぼち》に行くのはとりやめになるだろう。

プレゼントストリートにあった家を出てから、いろんなことが、がらりと変わったことに、いまさらながらおどろいている。おばあちゃんの家に着くと、わたしは思いっきり強くおばあちゃんに抱《だ》きついた。しまいにおばあちゃんに、「オリーブ、もうすわらせてちょうだい」といわれてしまった。

おばあちゃんは、ジンジャーブレッドとレモネードをつくっておいてくれた。モーディーとわたしの食べたいもの、飲みたいものが、どうしてわかったんだろう。

そしてテーブルの上には、二冊《さつ》のアルバム。

「最初から順々《じゅんじゅん》に見ていく？　それとも好きなところから？」

おばあちゃんがモーディーとわたしにきく。おばあちゃんの訪問看護師《ほうもんかんごし》をしているシャーロットさんが帰り支度《じたく》を終えた。

「じゃあ、ミセス・ハドソン。また明日の朝に」

シャーロットさんはそこでわたしたちのほうをむいて、にっこり笑った。

「このふたりがいれば、安心ね」

ピザを配達してくれるよう、あらかじめたのんであった。パパがいつも必ずたのむ、チーズをたっぷりトッピングした、サラミのピザ。

おばあちゃんが、青いアルバムをとりあげていう。

「じゃあ、古いものから見ていきましょう。まずはモーディー、あなたから。そんなたいそうなものじゃないのよ、わたしの大好きな写真を何枚《まい》か選んだだけだから。でもあなたも気に入ってくれるとうれしいわ」

モーディーはくちびるをかみ、うなずいて先をうながす。

おばあちゃんがひらいたページには、まだ小さい女の子のモーディーが写っていた。頭をのけぞらせて笑い、チョウチョを追いかけている。

「これはあなたが二歳《さい》のとき。あなたの両親の最初の家で、わたしがとった写真よ。あなたのママはチョウチョが好む植物をたくさん植えた庭をつくっていて、それを何よりたいせつにしていたの。覚えてる？」

覚えているのか、いないのか、モーディーの表情《ひょうじょう》からは判断《はんだん》できない。

「たとえわすれてしまっていても、あのチョウチョたちは、きっといまもあなたの心のどこかにすみついているわ」

次におばあちゃんがめくったページを見て、モーディーははっとして、手を口にあてた。

モーディーが木にのぼって下を見おろし、そのモーディーをパパが下から見あげている。

「これはあなたの六歳《さい》の誕生日《たんじょうび》。あなたはこの木が何よりのお気に入りだった。まるでリスみたいに、するするのぼっていって。わたしにいわせれば、危《あぶ》ない、のひとことだけど、あなたのパパは高いところまで平気でのぼらせていたの。いいぞ、その調子だって」

パパの顔には、娘《むすめ》がいとしくてたまらないという表情《ひょうじょう》が浮《う》かんでいて、モーディーもほんとうにうれしそう。モーディーが写真にそっと指をふれていう。

「覚えてる」

「そう、それはよかった。思い出はたいせつよ。ときに胸《むね》を刺《さ》し、焼きこがすようなこともあるけれど、そうでなければ、思い出にひたるのは、スプーンにたらしたシロップを味わうようなものだから」

次の写真には、イーゼルにむきあって絵を描《か》いているモーディーが写っていた。顔は真《しん》剣《けん》そのもの。そんなモーディーを見て、年配の女の人と男の人がほほえんでいる。

「この人たちはわたしの祖《そ》父母。ママの両親」

モーディーがわたしに教えてくれる。

「うちから二ブロックしか離《はな》れていないところに住んでいて、わたしはしょっちゅう遊びに行ってたの」

「あなたは、濃紺《のうこん》の絵の具を空にぬるのが好きだったわね」とおばあちゃん。

「いまでもそうよ、おばあちゃん。この写真、ぜんぶ、おばあちゃんがとったの？」

おばあちゃんがにっこり笑う。

「そうよ」

「腕《うで》がいいね」とモーディー。

ほかの写真もみんなで見ていく。ふわふわの子ネコといっしょにいるモーディー。ママといっしょのモーディー。ふたりともまぶしい笑顔だ。

モーディーがその写真をしげしげと見ていう。

「これこれ、わすれてた。この写真、むかしから大好きだったんだ。ママにバレエを観に連れていってもらったときの写真。おばあちゃんが会場に先に来て待っていてくれたのよね」

「ええ、そうだったわね」

おばあちゃんが持っていた、いちばん新しい写真には、モーディーが大学の卒業式に着るガウンをまとい、芝生《しばふ》の上を歩いていって帽子《ぼうし》を空に投げあげるところが写っている。

「ありがとう。どれもほんとうにいい思い出だわ」

モーディーがおばあちゃんにいう。おばあちゃんは、青いアルバムを閉《と》じて、モーディーのほうへおしやった。

「これはあなたがお持ちなさい」

わたしのアルバムにもモーディーのアルバムと同じように、八枚《まい》の写真がはってあった。一枚《まい》は赤ん坊《ぼう》のときの写真。わんわん泣いているわたしをママが抱《だ》いている。わたしの小さな頭にかぶさるように、ママは顔を近づけていて、ありったけの愛で、わたしを包もうとしているようだった。

それからパパがわたしを「高い高い」している写真もあった。ゲラゲラ笑うわたしとパパを、ママが見守っている。そして――これだ！

モーディーが赤ん坊《ぼう》のわたしをだっこしている写真。わたしはほんとうに大泣きしていて、それをモーディーがおろおろしながらなだめている。モーディーの必死さが写真からありありと伝わってくる。

それから、むかし飼《か》っていた犬のビッツィといっしょに、わたしが芝生《しばふ》にバタンと倒《たお》れている写真もあった。

六歳《さい》、七歳《さい》、八歳《さい》のわたしが、パパの仕事用バンのボンネットにすわっている写真も。バンは、「今日は配管記念日」と書かれた吹《ふ》き流しでかざられている。

わたしとパパがテラスでギターを弾《ひ》いている写真もある。

そこでおばあちゃんがいった。

「たった八枚《まい》の写真から、ずいぶんたくさんの思い出がよみがえってくるでしょ。いろいろあったわね……でも、あなたたちふたりは……どんなに激《はげ》しい嵐《あらし》のなかでも、ぜったい負けない強さを持っていた。いまもそう。モーディー、オリーブ、わたしはあなたたちを心から愛しているわ」

ルーミーは訓練を受けている盲導犬《もうどうけん》なので、墓地《ぼち》に入ることができる。一度だけ、木にオシッコをひっかけようとしたけど、ここでは何か重要なことが起きているのだと、ちゃんとわかっているようだった。パパの墓標《ぼひょう》にはこんな言葉が書かれていた。

ジョー・ハドソン
最後の最後まで人生を愛していた

最初は長く目をむけていられなかったけど、しばらくすると平気になった。モーディーがとびっきり美しい歌をギターで弾《ひ》き語りした。わたしもいっしょにギターを弾《ひ》くつもりだったけど、泣きながら演奏《えんそう》はできない。

ミス・ナイラからもらった花かごをわたしが墓標《ぼひょう》にそなえるのを、ベッカのママが手伝ってくれる。ベッカのママはわたしのすぐそばでルーミーを抱《だ》いていてくれて、地面に花を一本おいた。八か月前のお葬式《そうしき》でやってくれたように。

わたしはベッカと会えたのが、もううれしくてたまらない。夜ふかししてずっとおしゃべりをして、気がついたら午前三時になっていた。

パパが病気になったときも、亡《な》くなったときも、ベッカがそばにいてくれた。ベッカの両親が離婚《りこん》したときも、それから一週間後にベッカのパパが、べつの女の人と再婚《さいこん》したときも、わたしがそばにいた。

思いつくかぎり、そういった大事な瞬間《しゅんかん》をぜんぶあげていって、ふたりでリストをつくった。それをコピーして二通にし、ベッカが持ってきたクリーム色の厚手《あつで》のふうとうにそれぞれ入れる。ふたりで封《ふう》をして、どちらにも「永遠《えいえん》の友だち」と書いて、ふたりの名前をサインし、日づけを書いておく。ルーミーが二通のふうとうをくんくんかぐ。

バーベキューはあまり食べられなかった。食べもの以外で、胸《むね》がいっぱいだった。

家へ帰る道すがら、わたしはモーディーにいった。

「なんかわたし、砂漠《さばく》の長旅を終えたあとに、たっぷり水を飲んだラクダみたい。また新しい旅に出られそうだよ」

29 ルーミー通信

新しい学校でむかえる七学年（日本の中学一年にあたる）最初の日。

わたしはすっかり用意ができているのに、モーディーはできていない。わたしがモーディーにお願いしたいのはひとつだけ。ルーミーの動画をとって、それを毎日お昼過《ひるす》ぎに送ってほしいということ。そうすればランチの時間に見ることができる。

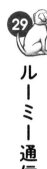

「それは無理よ。じゃあ、いい一日を」

モーディーがいって、わたしをハグする。

バーバンクさんが朝早くに起きていて、まるで自分の孫のように、わたしを学校に送りだしてくれる。

「さあ、大活躍《だいかつやく》をしておいで」

スクールバスの運転手は女性《じょせい》のローバーさん。おもしろい人で、大声をはりあげてこんなことをいう。

「ねえみんな、このバスでいちばん偉《えら》いのはだれか、わかってるね！」

「オレたち！」

男の子がさけんだ。

すると、ローバーさんがバスを道路わきにとめ、威厳《いげん》たっぷりにこういった。

「ブーッ。不正解《ふせいかい》。このバスに乗っているあいだは、みんなわたしのいうことをきかないといけない。何か質問《しつもん》は？」

沈黙《ちんもく》が広がるなか、「オレたち！」とさけんだ子が座席《ざせき》の上でしゅんとなった。

新学年初日の緊張《きんちょう》をほぐすために、先生はみんなにこんな質問《しつもん》をした。

「もし、宝《たから》くじで一万ドルあたったら、どうする？」

わたしは手をあげて発言した。

「犬の保護《ほご》センターをつくります。スイミングプールと、だだっ広い運動場があって、犬が好きなだけ走りまわれて、幸せに暮《く》らせる施設《しせつ》です」

答えが似《に》ている者どうしがグループになる。わたしみたいな答えをした子はひとりもいなかったけど、いっしょのグループにはマヤ・マーサーという子がいて、マヤは一万ドルあったら、ホームレスの人を助けるのにつかいたいと答えていた。

そういうおもしろい授業《じゅぎょう》だったにもかかわらず、わたしはどうしても集中できない。ルーミーのことは心配しないようにと、ずっと自分の胸《むね》にいいきかせている。

ランチはマヤといっしょに食べた。携帯《けいたい》電話をつかっていいのはこの時間だけで、それ以外の時間はさわるのも禁《きん》じられている。スマートフォンをとりだすと、モーディーからこんなものがとどいていた。

ルーミー通信第一号

九月六日火曜日、東部標準《ひょうじゅん》時12時17分　モーディー・A・ハドソン記者

〝ルーミー、好調なスタートを切る〟

グッドワークス社へ初出勤《しゅっきん》した今日、ルーミーはすこぶるごきげん。

生後八週間のマーシャルを相手に遊ぶルーミー。最初のうちマーシャルは、ルーミーの背中《せなか》に何度も乗りあがったものの、やがてこれはやってはいけないことだと気がついた。

今日モーディーは、「幸せ」キャンペーンの仕事に行きづまり、二度あきらめそうになったものの、そのたびにルーミーにはげまされて気をとりなおした。

ルーミーはトイレの場所をもうしっかり覚えた。これを書いているいま、モーディーの机《つくえ》の下にすわって、ゴムでできたチキンのおもちゃを、ほとんど形がなくなるまでカミカミしている。

午後二時にはクリスティーンが散歩をする予定。クリスティーンにまかせておけばまず安心だ。

わたしは椅子《いす》の背《せ》にもたれて、笑いをもらした。

「どうしたの？」とマヤ。

ルーミー通信をマヤに読ませる前に、その下準備《したじゅんび》として、最近とったルーミーの写真六十三枚《まい》を見せる。

「きゃああ、かわいい！」

それから、モーディーが送ってくれたルーミー通信第一号を見せる。

「いいお姉さんだね」とマヤ。

まったくそのとおりだった。


学校から帰って、ルーミーを散歩に連れていくひとときは最高だった。わたしを見るなり、ルーミーはぴょんぴょん飛び跳《は》ねた。つまり、ルーミーはわたしのことをわすれていなかった。シェアハウスの裏手《うらて》を通る小道を、ふたりしてダッシュでかけぬける。

小鳥たちが、わたしたちのためだけにさえずっているみたい。

太陽も、わたしたちの通る道を特別に照らしてくれている。

「負けないからね、ルーミー。わたしだってかけっこは得意《とくい》なんだから」

ルーミーはとにかく速い。わたしと同じぐらい。全力疾走《しっそう》で小道を走りながら、わたしはいいところを見せようと大きな石をぴょんと飛びこえた。するとルーミーも、次の石をぴょんと飛びこえた。

「すごいよ、ルーミー！」

ルーミーがしっぽを元気よくふる。こうやってすぐに反応《はんのう》してよろこんでくれるのが、犬のいいところだ。人間だと、気のない反応《はんのう》だったり、そっぽをむかれたり。同じクラスのエリスという男子は、みんなが列になったとき、わたしがとなりに立つと、人生で最悪の瞬間《しゅんかん》をむかえたような態度《たいど》をとった。犬は、飼《か》い主がいっしょにいてくれるだけでうれしくて、そのよろこびを百パーセント表現《ひょうげん》する。

通りのつきあたりまで行くと、ブライアンの家の裏庭《うらにわ》に出た。そこまで来ると、まわれ右をする。

「じゃあルーミー、おうちへ帰ろう！」

そこからまた全力で走り、家へとむかう。

そこで、はっと気づいた。シェアハウスを、「自分のうち」と考えたのは初めてだった。そう思ったら、胸《むね》がじんわり温かくなり、早くうちに帰り着きたいと、さらにスピードを上げて走る。ルーミーも遅《おく》れずに横を走っている。

きっとルーミーも、あそこが自分のうちだと思ってるんだ。

しばらくの家。時間はかぎられているけれど、わたしとルーミーの家だ。

帰り着くと、モーディーがポーチにすわって本を読んでいた。タイトルが『すばらしいティーンエイジャーの育て方』だと知って、急に落ち着かない気分になる。

どんなことが書かれた章を読んでいるの？

何かモーディーの役に立つことが書いてある？

「ただいま」

すばらしいティーンエイジャーの顔をつくって、モーディーに声をかけた。相手は本から顔をあげず、こちらの顔も見ない。肩《かた》ごしにのぞいたら、太字で書かれた一文が目に飛びこんできた。

〝大事なのは、折れることではなく、次の策《さく》に出ること。それをわすれてはならない〟

よくわからない。折れるのは、ティーンエイジャー？　それとも大人？　わたしにいわせれば、こんなこと、本を読むまでもない。もしティーンエイジャーが骨《ほね》を折ったのなら、次にやるべきは医者に連絡《れんらく》すること。そうでしょ？

モーディーがわたしに気づいた。

「お帰りなさい」

「ただいま」

ルーミーは「ただいま」というかわりにキャンと鳴いた。

モーディーは本の一文に線を引いた。

〝過去《かこ》の大変だったときをふりかえり、そこからどうやってはいだしてきたかを思いだす〟

「それはもうやったでしょ。だから飛ばして先を読んだほうがいい」

わたしがいうと、モーディーが声を上げて笑い、わたしもいっしょになって笑った。

階段《かいだん》に腰《こし》をおろす。さあ着いた。わたしと姉。パパは同じでママがちがう姉妹。半分だけ血のつながりがあるモーディーは、わたしにとってハーフシスター。でも、「半人前」っていう言葉があるとおり、「半分姉」なんていうと、完全な姉じゃないようにきこえていやだった。半分しかないクッキーみたい。

わたしはそれをモーディーに話した。すると、「半分って、そう悪いものじゃないのよ」と、モーディーはいう。

「腹《はら》半分っていうように、半分ぐらいで食べるのをやめとけば、おなかもこわさない」

「それは腹《はら》八分目でしょ」とわたし。

モーディーがくすくす笑った。

「よし、『半分』をできるだけたくさんつかって文をつくってみよう」

モーディーがいって、先にお手本をしめす。

「冗談半分《じょうだんはんぶん》で、半分のサンドイッチを半分のスピードで食べてみる」

「遊び半分、おもしろ半分で、半分のサンドイッチをさらに半分こしたら、半分落として、半泣きした！」

「オリーブの勝ち！」とモーディー。

ふたり、ただすわって、何もいわないでいる。沈黙《ちんもく》を言葉でうめる必要はない。モーディーがどう思っているかわからないけど、いまわたしは、この姉妹を「完全」だと思いはじめている。

朝、登校前にバーバンクさんから声をかけられた。

「やあ、オリーブ。今日はひとつ、おまえさんに生きる知恵《ちえ》を授《さず》けてやろうと思って、いつもより早起きして出てきた。しかもこの知恵《ちえ》は無料だ」

わたしは教科書の入ったバッグを肩《かた》にかけなおし、バーバンクさんが知恵《ちえ》を授《さず》けてくれるのを待つ。

「いまは安らかに眠《ねむ》っている、わたしの母さんがよくいっていた。意地悪な人間に、やさしい言葉をかけてやると、たいてい相手はおろおろするとね」

ルーミーに目をやると、じっとしていて、考えているようす。

「いいことを教えてくださって、ありがとう」

「じゃあ、行っておいで」とバーバンクさん。

バスに乗ると、エリスが意地悪なことをいってきた。

「投票の結果、全校一致《いっち》で、おまえはこの学校にいてほしくないということになった」

それでわたしは、こう言葉を返した。

「じゃあ、よい一日を！」

あとでマヤが教えてくれた。

「あのね、オリーブ。エリスは新しい子が入ってくると、全員に同じことをいうの」

パーリア先生の音楽の授業《じゅぎょう》で合唱をすることになり、わたしはエリスの目の前に立たないといけなかった。でも、おかしなことに、エリスは口をつぐんで何もいわない。歌うときになって初めて、アルトの声を響《ひび》かせた。

♪きみのために　ぼくらがいるよ
ぼくらは友だち　いつでも力になるからね

こういう歌を授業《じゅぎょう》で教えるって、いい考えだと思う。意地悪な子をだまらせる力がある。

パーリア先生は、教壇《きょうだん》にずっと立っていないで、教室のあちこちを歩いて、ひとりひとりに指導《しどう》する。そういう授業《じゅぎょう》スタイルがわたしは大好きだった。

先生はもとオペラ歌手だったそうで、そのあとこの歌を、イタリア語で歌ってみんなにきかせた。頭をのけぞらせ、難《むずか》しそうなイタリア語の発音をろうろうと響《ひび》かせる。

先生はそれから、音楽室で飼《か》っているクマノミのパリアーチをみんなに紹介《しょうかい》した。この魚の名は、世界的に有名な、歌う道化師《どうけし》の名前からとったというけれど、そんな名前はきいたこともなかった。パリアーチは丸い水槽《すいそう》のなかでくるりと一回転。先生はさらにこういった。

「きみたちに、音楽にまつわるもっとも気の利いた言葉を教えよう。今日だけじゃなく、これから一年中、くりかえしいうつもりだ。さあ、心の準備《じゅんび》はいいかな？」

先生の言葉を待つように、パリアーチが水槽《すいそう》のなかで身がまえる。わたしたちも同じように待つ。

「音楽はだれのなかにもある。以上。そんなことはないなどと、だれにもいわせちゃいけない。どうだい、先生は天才だろ？」

クラスのほぼ全員がうなずいた。


ランチの時間、わたしとマヤはうずうずして待っていた。

「ねえオリーブ、スマホ、確認《かくにん》してみてよ。きっとそろそろ――」

確認《かくにん》してみたけれど、まだ何も送られてきてはいなかった。あっ……。

「待って。これだ」

ルーミー通信第二号

九月七日水曜日、東部標準時《ひょうじゅん》12時20分　モーディー・A・ハドソン記者

〝ルーミー、力を見せつける〟

ニュース速報《そくほう》――今日ルーミーはブライアンの大事なお客さんに飛びかかっていき、その女性《じょせい》をおし倒《たお》しそうになった。クリスティーンがきびしい声で「ダメ！」としかったら、すぐおすわりをしたものの、ブライアンがお客さんを助け起こして椅子《いす》にすわらせ、水を飲ませなければならなかった。お客さんが気のいい人で、ひと安心。

子犬のマーシャルが、ルーミーに見せびらかすように、すぐ目の前でおやつのつまったおもちゃで遊んだところ、おやつをぜんぶルーミーに食べられてしまった。マーシャルにとって、今日は貴重《きちょう》な教訓を得《え》る日になった。

ルーミーはトイレの場所に満足しているもよう。

これを書いているいま、ルーミーはモーディーの椅子《いす》の下で、モーディーの左足に頭をのせて眠《ねむ》っている。

「写真を送ってくれればいいのに」とマヤ。

「これでも、精一杯《せいいっぱい》がんばってくれてるんだよ」

30 宿題

わたしには、宿題を手伝ってくれる人が、必要以上にたくさんいるかもしれない。バーバンクさんは科学、ルル・ピアースは読書系《けい》ならなんでも、ミス・ナイラは数学の天才だし、モーディーはアイディアを効果《こうか》的に表現《ひょうげん》する方法を知っている。

いちばんワクワクする宿題は最後にとっておいた。国語で出された作文で、タイトルは「～を通して、わたしが学んだこと」というもの。

わたしをよく知っている人なら、きっと犬のことを書くと思うだろう。でも今夜わたしが書くのはそうじゃない。

〈配管工の父親から、わたしが学んだこと〉

1　物が動く仕組み。

2　配管の仕事はどこがどうつながっているのか、パズルを解《と》くようなものだということ。

3　仕事のなかには、人の見えないところで行われるものがあり、そうでなくても、ひとたび終わってしまえば、仕事のあとが見えないものもあるということ。（盲《もう》導犬《どうけん》の子犬を育てる仕事についても、同じことがあてはまる。ルーミーのしつけに、わたしがどれだけの時間をつぎこんだかは、だれにもわからない。）

4　手をつかって仕事をし、人々《ひとびと》によろこばれるように最善《さいぜん》をつくせば、満足のいく人生を送れるということ。

5　緊急事態《きんきゅうじたい》の対処《たいしょ》の仕方——もし家のなかでトラブルが発生してこまっている人がいたら、こまっていない人が家のなかに入って助けてあげること。いつ自分がそういう場面で必要とされるかわからない。

6　すぐれた道具一式には、あらゆる仕事に必要な基本的《きほんてき》な道具がそろっているということ。そして、いつでもそれを手近に持っていなくてはならないということ。

7　得意《とくい》なことがあるなら、年齢《ねんれい》に関係なく挑戦《ちょうせん》してみるべきだということ。

8　他人の力になるために、その人の家にあがりこむときには、姿勢《しせい》がたいせつであるということ。だらけた姿勢《しせい》で下をむいていれば、まともな仕事ができる人間とは思われない。それとは逆《ぎゃく》に、背《せ》すじをぴんとのばし、にっこり笑っていれば、たとえ仕事の腕《うで》が未熟《みじゅく》でも、この人はできる人だと思ってもらえる。自信がなくても自信を持つようにすれば、宇宙《うちゅう》のどこかでふしぎな力が働いて、仕事がすいすいうまくいく場合が多いということ。

9　いい仕事をすることは、最高の人生を送ることにつながり、いいかげんな仕事ばかりしていれば、人生から満足感を得《え》るのは難《むずか》しいということ。

書きあがったとたん、胸《むね》に大きな自信が満ちあふれてきた。国語の授業《じゅぎょう》で最初に提出《ていしゅつ》する作文として、ここまですぐれたものはないだろう。モーディーに見せたら、「いいね、これ」といわれた。翌朝《よくあさ》、登校前にバーバンクさんにも見せたら、「愛と勇気」にあふれているといわれた。そのふたつの組み合わせが、バーバンクさんは大好きなのだ。ツラーマン先生に自信たっぷりの笑顔で提出《ていしゅつ》したら、翌日《よくじつ》、おどろいたことに、「不完全」という評価《ひょうか》がついてもどってきた！

あなたの書いた文章には、独特《どくとく》の感性《かんせい》があふれていて、大変すばらしいです。自分の学んだことだけでなく、お父さんについても書いてあるところがまたすばらしい。しかし、これは作文とはいえません。リストです。ぜひもう一度書きなおして、再提《さいてい》出《しゅつ》してください。その際《さい》には、授業《じゅぎょう》で話しあった、正しい作文の形式で書くように。それを読ませてもらって、あらためて評価《ひょうか》します。

この学校に通うようになって、まだ四十八時間しかたっていないというのに、早くも「不完全」と評価《ひょうか》されてしまった！「不完全」なんて、面とむかっていわれたら、それこそひっくりかえって床《ゆか》に倒《たお》れてしまう。それぐらいショックな言葉だ。二時間目の授業《じゅぎょう》が終わったところで、わたしは結論《けつろん》を出した。国語はわたしがいちばんきらいな科目で、ツラーマン先生は血もなみだもない人間。どうかルーミーは、わたしよりうまくやっていてほしい。こういうときこそ犬を抱《だ》きしめたいのに、この学校にはクマノミ一匹《ぴき》しかいない。

それでも五時間目の自習のときに考えなおした。

パパの人生の知恵《ちえ》に、不完全だという烙印《らくいん》をおされたままにはしない！

頭のなかに言葉が次々《つぎつぎ》と浮《う》かんでくる。今度はパパの知恵《ちえ》が、詩となって出てくるばかりで、これも作文としては失格《しっかく》だ。言葉が頭から勝手にしみだしてくるときに、「出てくるなら、文章の形で出てきなさい」と命じるのは難《むずか》しい。それでもなんとかがんばって、次のような作文を書いた。

わたしとパパの歩んできた道のり

オリーブ・ハドソン

「配管工の父親から、わたしが学んだこと」第二稿《こう》

「物を分解《ぶんかい》したら、またもとどおりにしなきゃいけない。いかなる部品もあとに残さぬように」

パパはよくわたしにそういっていた。

わたしが最初に分解《ぶんかい》したのは、たぶんトースターだったと思う。あまりうまくはいかなかった。ねじをぜんぶはずして部品をとりだすことばかりに気をとられていて、もとどおりにするときにはどうしたらいいか、それを考えていなかったのだ。

パパが仕事から帰ってきたとき、わたしはキッチンの床《ゆか》にすわって、新聞紙の上に並《なら》ぶ、分解《ぶんかい》ずみのトースターの部品五十個《こ》ほどにかこまれていた。少なくとも、床《ゆか》に新聞紙を敷《し》くだけの気づかいはあった。

この惨状《さんじょう》をじっと見たあとで、パパが何かいおうとした。それより先に、わたしはきいた。

「パパ、このトースター、どれぐらい気に入ってる？」

「どのぐらい気に入っていた？ そうきくべきじゃないか。もうこれがトースターだったのは、過去《かこ》の話なんだから」

パパはわたしに、物が動く仕組みを教えたがった。パパは配管工で、配管の仕事は

すべてパズルのようなもの、正しい答えを出さないといけないのだといっていた。手を動かして仕事をし、お客さんに最高の仕事を提供《ていきょう》する。それこそ後悔《こうかい》のないすばらしい人生だといっていた。

配管という仕事の中身は、あまり一般《いっぱん》には知られていない。たいていの作業は人の目のとどかないところで行われるからだ。配管があるのは、壁《かべ》の裏《うら》、シンクの下、天井。そこにどのような仕事がほどこされているか、だれも知らない。

そこからわたしは学んだ。大事なのは、どれだけいい仕事をしたかであって、人の目にどう映《うつ》るかではないということ。パパはいつもいっていた。「よい仕事をすることは、人生の大きなよろこびのひとつ。いいかげんな仕事をしていては決して満足は得《え》られない」と。

パパは突発《とっぱつ》的なトラブルに対処《たいしょ》するのが得意《とくい》だった。すぐれた技術《ぎじゅつ》を持っているのはもちろん、パパは態度《たいど》や姿勢《しせい》もたいせつにしていた。だらけきった姿勢《しせい》で配管工が家に入ってくれば、お客さんはすぐ思う。こんなだらしない配管工にまともな仕事はできないと。

人生についてパパから学んだことは、ほかにも山ほどあって、そのほとんどは、いまもわたしの胸《むね》にきざまれている。それは他人には見えず、高い評価《ひょうか》を得《え》られなくてもかまわない。

自分をいつわらないこと。これもパパから教わった。それを実践《じっせん》していたからこそ、パパはだれもがあこがれる、「ニュージャージー州一腕《うで》のいい配管工」の賞《しょう》を三年連続で受賞《じゅしょう》できたのだと思う。


字にまちがいはないか、句読点《くとうてん》は正しく打ってあるか、すべて二度確認《かくにん》した。

さあ、ツラーマン先生。これを正しく評価《ひょうか》して、価値《かち》をみとめるかどうか。すべてはあなたしだいです。

31 勇敢《ゆうかん》

作文の評価《ひょうか》はA《エー》。

先生は評価欄《ひょうかからん》にこう書いていた。

〝オリーブ、大変よくできました。鋭《するど》い観察眼《かんさつがん》と、会話や思い出を活用した手法。先生もあなたのお父さんに会ってみたいです。〟

わたしは目をつぶった。

先生、わたしの姉に会ってください。きっと好きになると思います。

ルーミー通信はそれから数週間、大ニュースを伝える大見出しが続いた。

〝ルーミー、スチールの階段《かいだん》を自分でおりるようになる〟

〝ルーミー、ショッピングカートを食べそうになる〟

ショッピングカートの事件《じけん》については、なんの説明もない。想像《そうぞう》しただけでおそろしい！

〝ルーミー、ストロベリー風味のタルトをずたずたにする――モーディーが大事にとっておいた最後の一箱！〟

このころになると、ルーミー通信はスリー・ブリッジ・ミドルスクールで大人気。わたしは転校生だというのに、この学校でだれもが知っている有名人になってしまった。

ランチのときには、みんながわたしとマヤといっしょにすわりたがり、ろうかに出ればだれかれかまわず話しかけてきた。

「ルーミーは最近どうしてる？」

校長先生もわたしに近づいてきて、こんなことをいった。

「まだ望みは捨《す》てていませんよ。あなたとだれかもうひとり、盲導犬《もうどうけん》センターのボランティアをしている子といっしょに、いつか全校集会で話してもらいますからね」

わたしはうなずいて、巨大《きょだい》なステージのことを考えた。集会があるたび、自分がそのステージに立つことを想像《そうぞう》する。何もいえなくなって、みんなに笑われて、ルーミーが「どうしてこんなところに連れてこられたの？」という目で、わたしの顔を見あげる場面を。

〝ルーミー、生まれて初めてのにおいに衝撃《しょうげき》を受ける〟

えっ？？？？？

さまざまな生徒たちがさわぎだした。

「それって、どういうこと？？」

通信の先まで読んで、ようやくくわしい事《じ》情《じょう》がわかった。つまり、スカンクがモーディーを狙《ねら》ってガスを噴射《ふんしゃ》したのに、ガスはまとをそれてリスを直撃《ちょくげき》し、リスは見るもむざんなことになってしまったということらしい。

じつはちょうどこの日、モーディーは自分のお母さんの家を訪《たず》ねなきゃいけなくなった。でもそれはニュースとしてあがってはいなかった。

ふだんの元気はどこへやら、モーディーがしゅんとしてこういった。

「あまり調子がよくなくてね……まあ、その……病気ってことなんだけど」

「ごめんね、つらいこときいちゃって。どんな病気なの？」

ばかな質問《しつもん》をしてしまった。モーディーが悲しそうな顔になったので、わたしはまた「ごめん」といった。

「いまに始まったことじゃないの。ずっとむかしから」

何がなんだかさっぱりわからない。

「そうだったんだ、ごめん」

「ごめんばっかり、いう必要はないわ」

「ごめん」

すると、モーディーが泣きだした。パパのお葬式《そうしき》のとき以来、初めてのことだった。

「だいじょうぶよ」

ぜんぜんだいじょうぶじゃない。

わたしはモーディーのとなりにすわった。もっとくわしく話してくれたらいいんだけど。モーディーの肩《かた》に腕《うで》をまわすと、ルーミーもとことこ歩いてきて、なぐさめようとするかのように、モーディーのそばにぴたりとついた。

モーディーがクスンと鼻を鳴らした。

「ふたりとも、ありがとう」

ルーミーがモーディーのひざに頭をのせた。

「べつにママが明日にも死ぬとか、そういうんじゃないのよ、オリーブ」

「それはよかった」

「ちょっと変わった病気なの」

うなずいてはみたけど、よくわからない。

「病気というより、行きづまっているといったほうがいいかな。過去《かこ》を手放せないの。怒《いか》りにがんじがらめになって、憎《にく》しみにおしつぶされそうになってる。人を愛することをわすれてしまったみたい」

モーディーがうなだれる。

「それで、たまに爆発《ばくはつ》しちゃう」

「モーディーは、ママとぜんぜん似《に》てないね」

ルーミーも、賛成《さんせい》の目でモーディーの顔を見る。

「ありがとう。でもほんとうは行きたくないんだ。いっしょにいるのがつらくてね」

「わたしもいっしょに行くよ」

「ありがとう。でもいいの――」

「まじめにいってるんだよ。ルーミーとわたしがいっしょについていく」

「うまくいかないと思う」

「モーディーのママは、わたしのことがきらい？」

「あなたのことは知らない。ママはパパを憎《にく》んでるの」

これ以上そういう話はききたくないと思ったけど、しっかりききなさいと、心のなかで声がした。

「ママはなんでもかんでもパパのせいにした。わたしにも、パパには会っちゃいけないっていって」

だからモーディーはうちに寄《よ》りつかなかったんだ。

「それでわたしはパパと距離《きょり》をおいていた。ママのいうことをぜんぶ信じたわけじゃないけど、どうしたらいいかわからなかったから。それにパパを悪くいうママの言葉はどんどんひどくなっていくばかりだったし」

モーディーのお母さんは、わたしたちがいっしょに暮《く》らしていると知ったら、激怒《げきど》するにちがいない。

「長くはいない――一日だけ。そのあいだね、クリスティーンがオリーブをあずかってもいいって、そういってるの」

「ルーミーを連れていきたい？」

「ルーミーはオリーブといっしょにいなくちゃ」

モーディーが立ちあがり、タオルで顔をふいた。

「モーディーは勇敢《ゆうかん》だね」

するとモーディーは悲しそうな笑みを浮《う》かべた。

「そのとおり。わたしは勇敢《ゆうかん》」


次の日、モーディーのお母さんが電話をしてきて、来なくていいといってきた。

荷ほどきをするモーディーを見ながら、わたしはどう言葉をかけていいか、わからない。

「あの人は、ゆううつ症《しょう》が重くなると、よくこういうことをするの。わたしのほうも、それに慣《な》れてきて、来るなといわれようがなんだろうが、とにかく行って力になるってことをしてきたのね。でも最後に行ったときは、ドアをあけてくれなかった。リビングにすわっているのが見えるのに、玄関《げんかん》に出てこようとしなかった」

「まだパパと結婚《けっこん》しているときにも、そういうことはあった？」

「いいえ。まったく」

32 全校集会

木々《きぎ》が色を変えていく。シェアハウスの正面にある巨大《きょだい》なオークの木は特に見事で、枝《えだ》からこぼれんばかりに黄色い葉をみっしりつけている。それを見てルル・ピアースがいう。

「ご長寿《ちょうじゅ》の木でね、毎年秋になると、こうやってみんなに見せびらかすの」

それから数週間すると、オークの木は葉を落としだした。

ルーミー通信は相変わらず、学校で人気をほこっている。

そして、この季節には、親と教師《きょうし》が集まって話しあう懇談会《こんだんかい》がひらかれる。わたしはモーディーにいった。

「モーディーは来なくてだいじょうぶ。わたしの親じゃないんだから」

「そうはいくもんですか」

「先生たちから軽く見られるよ。父親が出てくるのとはちがって」

モーディーがすっくと立ちあがった。わたしは下から顔を見あげる。

「来てもいいよ」

そういうしかなかった。

先生がモーディーに何をいうのか、それが心配だったのだけど、どの先生も悪いことはいわなかった。それに校長先生は本気だった。全校集会で、盲導犬《もうどうけん》の子犬を育てることについて、わたしに話をさせようと思っているらしい。

「ルーミーも大きくなったから、だいじょうぶだと思うよ」

ブライアンからはそういわれた。聴衆席《ちょうしゅうせき》からぼくも応援《おうえん》するよと、ジョーダンは約束してくれる。

「いいかい、オリーブ。緊張《きんちょう》でゲロをはいたりせずに、壇上《だんじょう》でスピーチができるようになるのも、みんなの先頭に立って活躍《かつやく》するリーダーの条件《じょうけん》だよ」

そんなことをいわれたら、いまにもはきそうになってきた。

ルーミーは前もってお風呂《ふろ》に入れておこう。ますますかわいく見えるように。

当日はモーディーも、ブライアン、クリスティーンといっしょにステージに上がってくれるという。こまったときに、わたしがかげにかくれられるぐらい、みんなそろいもそろって背《せ》が高い。

そして、モーディーはすばらしいことをいってくれた。

「もしいやなら、オリーブは集会で話をしなくてもいいのよ。それより、自分がいちばん上手にできることをすればいい」

「え、それでいいの？」

「うん」

不安が一気にふきとんだ。


実際《じっさい》やってみると、それほどおそろしくはなかった。ベストを着せたルーミーといっしょにステージの上を歩き、自分のとなりに立たせる。わたしがすわって、ルーミーにもおすわりをさせる。講堂《こうどう》の通路をはしからはしまで歩いていって、またもどり、全校生徒にルーミーを見せ、なでようとする子がいたら、仕事中なので、とことわって、やめさせる。ほら、わたし、ちゃんとできてる。

そのあと、イーブリンさんという目の不自由な女の人が、一匹《ぴき》の犬をパートナーに持つことで自分の人生がどう変わったかについて、スピーチをする。

話が始まってすぐ、ルーミーがせつなそうに鳴きだした。オシッコに行きたいという意思表示《ひょうじ》だ。

うそでしょ？　学校に来る直前にちゃんとしてきたのに。

またせつない鳴き声。

何があろうと、講堂《こうどう》でオシッコはさせられない。

外へ連れだすように、ブライアンがわたしに合図を送ってくるものの、どうやってこの場から出ればいいのか、わからない。しまいにブライアンが手をあげて、スピーチをしている女性《じょせい》に声をかけた。

「イーブリンさん、話をさえぎってすみません。ちょっとルーミーを外に連れださないといけないんです」

どういうことなのか、会場のみんなはほぼ気づいていて、笑いが巻《ま》き起こるなか、ルーミーとわたしは大急ぎで正面の出口へむかった。

「すみません、この子オシッコなんです」

守衛《しゅえい》さんにいうと、にっこり笑って通してくれた。

「よし、ルーミー、していいよ」

ルーミーは外に出られてほっとしたようすでオシッコをした。

「あんなにたくさんの人がいるなかで、ルーミーはとてもりっぱだったよ。みんなルーミーのことが大好きになった。わたしだってそう。ルーミーが誇《ほこ》らしくてたまらない」

このままここにいて、あとは大人たちにまかせたいところだけど、今日の主役はルーミーだ。わたしはルーミーを連れて校内にもどっていく。ろうかのガラスケースのなかに並《なら》ぶ優勝旗《ゆうしょうき》や優勝《ゆうしょう》カップの前を過《す》ぎて、講堂《こうどう》の大きな両びらきのドアをぬけていく。

全校生徒が、いっせいにこちらをふりかえって、わたしたちに目を注いでいる気がする。正面からではなく、わきの出入り口から入ればよかったと思っても、もう遅《おそ》い。べつにどうってことはないという感じで、胸《むね》をはって歩いていくしかない。自信を持ってどうどうと歩く練習をしておいてよかった。

のどがつまって声が出そうにない。それでもなんとかコマンドを出した。

「ルーミー、ヒール（そばについて）」

ジョーダンが会場のみんなを先導《せんどう》して、音を出さない拍手《はくしゅ》をする。宙《ちゅう》に高く両手をあげて、拍手《はくしゅ》をするまねだけをするのだ。

まるで前もってリハーサルをしておいたように、わたしとルーミーは、六百の顔がまっすぐこちらを見つめてくるなか、知っている顔に笑いかけながら、どうどうと歩いていく。

それでも気持ちの上ではずっと、ステージにいる、モーディー、ブライアン、クリスティーンという、たよりになる三人の大人たちを見つめていた。

校長先生が立ちあがった。

「オリーブ、ルーミーを育てた経験《けいけん》について、少しみんなに話をしてくれませんか？」

無理に決まってる。

いや、やらなきゃダメだ。

わたしはステージに上がっていき、ルーミーを自分のとなりに立たせた。

「おすわり」

ルーミーはすぐいわれたとおりにした。

「そう、いい子ね」

ルーミーがきちんということをきいたのに、会場の子どもたちが感心しているのがわかる。でもそれだけで、わたしの緊張《きんちょう》はふきとんではいかない。

そこでバーバンクさんにいわれたことを思いだした。

「ステージに立って緊張《きんちょう》してきたら、会場にいるあらゆる人間が、頭にウサギをのせている場面を想像《そうぞう》する。すると気持ちがずっと楽になる」

いわれたとおりに想像《そうぞう》したら、笑いがこみあげてきた。

「わたしがみんなに伝えたいのは、一匹《ぴき》の子犬を育てることは、自分にとって特別な経験《けいけん》になるということです。その犬の一生のある時期に自分がかかわった。その事実は永遠《えいえん》に消えることはありません。そのあとその犬が何をしようと、だれといっしょに働いて、将来《しょうらい》だれを支《ささ》えることになっても、幼《おさな》いころにそばにいて、支《ささ》えてくれた人間のことはぜったいにわすれません。もし、盲導犬《もうどうけん》の子犬を育てることに興味《きょうみ》を持った人がいたら、この集会が終わったあとで、わたしか、ジョーダンのところに来てください。くわしいことをお話しします」

音のない拍手《はくしゅ》が、またわきおこった。

六百人の人たちを前に話をして、わたしは死ななかった。

マイクの前からさがったとき、だれかが大声でいった。

「ルーミーは何歳《さい》？」

わたしはにっこり笑っていう。「今日でちょうど生後六か月です」

またもや音のない拍手《はくしゅ》。

集会が終わったあと、パピーウォーカーの仕事について関心を持つ子が、四十八人集まった。その子たちに、ジョーダンとわたしはいった。

「これがもう、すばらしいったらないんだ」

33 あまりにも早く

今日は一月四日。パパが亡《な》くなってちょうど一年がたつ。

環境《かんきょう》を破壊《はかい》しない素材《そざい》でつくられたバルーンが箱に入って送られてきた。注文したのは、「パパ大好き！」という文字の入った銀色のバルーン六個《こ》。パパのことをしのんで、それを空に飛ばすつもりだった。そのために、ルル・ピアースが読書コーナーにおいているヘリウムの入ったボンベを、モーディーが借りて用意してある。バーバンクさんもバンスターを抱《だ》いていっしょにいる。ミス・ナイラも階段《かいだん》をおりて見に来た。外は雪がぱらついている。

ルーミーは箱のにおいをかいでいる。わたしは箱をあけるなり、「うわっ、何これ！」とさけび、ルーミーはうしろに飛びのいた。

銀色のバルーンをとりあげてみると、六つぜんぶに、こういう文字が入っていた。

〝エドナおばさん、大好き！〟

「これじゃあ、何もかもだいなし！」

モーディーはじっとバルーンを見ている。それから、「すぐもどってくるから」といって、どこかへ行った。

「エドナおばさんの身内も、おどろいているにちがいない」とバーバンクさん。

エドナおばさんやその身内のことなんて、どうでもいい。今日はパパをしのぶ、たいせつな日になるはずだったのに！

モーディーが絵の道具を持ってもどってきた。モーディーがひとつひとつ、ヘリウムガスを充填《じゅうてん》してふくらませたバルーンに、わたしがリボンを結びつけていく。

それからモーディーがバルーンのひとつを手にとり、「エドナおばさん」という文字にいろいろ描《か》きたして、文字をイラストに変えていく。じつに見事な腕前《うでまえ》で、できあがったバルーンには、おかしなところがあるようには、まったく見えなかった。

それからモーディーは、大きな太い文字で、「パパ」と書いた。ふたつ目のバルーン、三つ目のバルーンにも同じように書いていく。

アートの力はなんでも変えてしまう！

最後のバルーンをわたしが手わたすと、モーディーがいった。

「エドナおばさんのことも、しのんであげよう」

冬用の分厚《ぶあつ》いコートを着て外に出た。雪がパラパラと落ちてくる。

「一、二の、三……」

バルーンを空に飛ばした。モーディーが写真をとる。

わたしはルーミーといっしょに立って、天国に飛んでいくバルーンを見ながら、そっとささやいた。

「大好きだよ、パパ」


ルーミーの成長はおどろくほど速い。もっとゆっくりだったらいいのに。でもそんなことは思っちゃいけない。成長した先に、自分がなすべき大事な仕事が待っているのを、ルーミーは知っているようだった。緑のベストを身につけるのが大好きなのは、仕事を愛している証拠《しょうこ》だろう。

モーディーはグッドワークス社で順調にキャリアを積みあげている。最近、自分が企画《きかく》した新しい広告《こうこく》キャンペーンがうまくいって、お給料もあがったらしい。

「いい広告《こうこく》っていうのはね、人の足をとめて、目をとめて、考えさせるの」

モーディーはそういう。

わたしたちが借金まみれの生活からぬけだせるよう、モーディーはひたすら貯金《ちょきん》していた。請求書《せいきゅうしょ》の支払《しはら》いをひとつ完了《かんりょう》すると、モーディーがベルをチンと鳴らし、わたしが「やった！」とさけぶ。そんな習慣《しゅうかん》もできていた。

ルーミーはもう一歳《さい》。生後六か月の子犬と、一歳《さい》の子犬のちがいは、人間でいう、七年生（日本の中学一年生）と八年生（日本の中学二年生）のちがいに等しいとジョーダンはいう。

わたしはまだ八年生ではない。いまは五月だから、もう一か月、七年生の生活が続き、そのあと長い休みをはさんで、八年生になる（アメリカの新学年は九月に始まる）。

モーディーはママに、母の日のカードをつくった。青、紫《むらさき》、緑でぬったカードのまんなかに金色のハートがひとつ描《えが》かれている。子どもからこんなカードを贈《おく》られたら、どんなお母さんも大よろこびするにちがいない。モーディーのママもそうであってほしかった。いろんなことがあったけれど、それでもずっと気にかけていると、お母さんにわかってほしいのだ。

実際《じっさい》の母の日を三日過《す》ぎてから、わたしとモーディーはギターをとりだした。

「いいメロディー、思いついた」

わたしはそういって、Ｆ《エフ》マイナーとＣ《シー》のコードの組み合わせで、弦《げん》をつまびいてかきならし、歌を歌った。

♪ハンパモノがいっしょになれば
カンペキなひとつのできあがり
なんでもいっしょにがんばれる
大事なのはそこ

モーディーが曲の中盤《ちゅうばん》を考えて歌う。

♪そう　完全無欠のわたしたち
ひとりより強いわたしたち
だれの目にもステキに映《うつ》る

そのあとをわたしが続ける。

♪いまではカンペキ
あなたとわたし

なんていい曲！　わたしたちが歌いつづけるあいだ、ルーミーもリズムに合わせて、からだをゆらしているようだった。

♪ハンパモノがいっしょになれば
カンペキなひとつのできあがり
なんでもいっしょにがんばれる
大事なのはそこ
そう　完全無欠のわたしたち
ひとりより強いわたしたち
だれの目にもステキに映《うつ》る
いまではカンペキ
あなたとわたし

五月から六月に移《うつ》りかわった。七年生が終わるまであと二日という日に、ブライアンから電話がかかってきた。
「すぐにルーミーをテストしたいそうだ」

心の準備《じゅんび》ができていない。でもテストは受けさせないと。

だいじょうぶ、いまのわたしには……。

☑経験《けいけん》
☑勇気
☑希望
☑ストレス――ありあまるほど！
☑悲しみ――これもまだある、しかたない。
☑自尊心《じそんしん》

しばらく見ていない人がいたら、これがほんとうにあのルーミー？　きっとそう思うことだろう。

体重23キロ。

筋肉隆々《きんにくりゅうりゅう》。元気のかたまり。

この一年の成長ぶりにはおどろくばかり。

わたしも成長した。

けれど、この子にどうやってさよならをいったらいいのか、まだわからない。

34

突《とつ》然《ぜん》

六月十五日。きのうで学校は終わった。

たったいま、ジョーダンがすばらしいニュースを知らせた。

「ねえ、オリーブ。眼科《がんか》の先生に、あれ以来、悪くなっていないっていわれたよ」

「よかった！」

モーディー、わたし、ジョーダン、ルーミー、それに今週末だけジョーダンが世話をしている盲導犬《もうどうけん》の子犬、オムニが連れだって、公園にむかう。今日はクリスティーンの家でブライアンの誕生日《たんじょうび》パーティーをすることになっていて、その前に散歩をしようというのだ。犬たちはわたしたちの横にぴたりとついている。

通りかかる人たちがみんなニコニコ笑いかけてくる。訓練中の盲導犬《もうどうけん》に自分がつきそっている。晴れがましい気分で胸《むね》がいっぱいだ。

公園の正面まで来たところで、男の人に声をかけられた。

「みんなは、この子犬たちを育てているのかい？」

「はい、そうです」

「たいしたもんだね」と男の人。

ジョーダンが盲導犬《もうどうけん》センターのことを説明し、わたしはその人にこういった。

「一匹《ぴき》の盲導犬《もうどうけん》を育ててあげるのには、大勢《おおぜい》のボランティアによる支援《しえん》と訓練が必要なんです。わたしたちがになっているのは、そのごく一部です」

男の人はジョーダンからセンターのパンフレットをもらって歩みさった。モーディーは職場《しょくば》の知りあいを見かけてあいさつをしに行った。わたしがしゃがんで、靴《くつ》ひもを結びなおすあいだ、ルーミーは地面をかいで歩いていく。リードのゆるすかぎり、遠くまで――。

シューッ！　うなり声がしてリードがぴんとはった。

ルーミーの鳴き声。わたしは顔をあげた。

「いやあ！　やめて！」

わたしは金切り声でさけぶ。

大きな犬がルーミーに襲《おそ》いかかっている！

ルーミーの首にかみついた。わたしはルーミーを引き離《はな》そうと、リードをひっぱる。

「やめて――！」声をかぎりにさけぶ。

「警察《けいさつ》を呼《よ》べ！」だれかがどなっている。

ルーミーは地面におし倒《たお》され、おなかをかまれながら、必死に抵抗《ていこう》している。

そこらじゅうで、どなり声があがるなか、モーディーが走っていって、襲《おそ》いかかった犬をけった。犬は飛びあがってモーディーの腕《うで》をかむ。

男の人がふたり、助けに走ってくる。

「どけ！　どけといってるんだ！」

男の人がどなるなか、凶暴《きょうぼう》な犬めがけて、だれかが野球のボールを投げつけた。犬は飛びあがって下がり、それでルーミーは危険《きけん》を脱《だっ》した。

でもルーミーは歩けない。鳴きながら地面をはいずっている。わたしはルーミーのところへ飛んでいく。

「オリーブ、だめ！」

わたしより先にモーディーがルーミーをさっと抱《だ》きあげた。赤ん坊《ぼう》のようにルーミーを胸《むね》に抱《だ》き、わたしといっしょに公園から走りでる。

ルーミーの毛のあいだから骨《ほね》が飛びだしていた。おなかから血が流れている。

モーディーはしゃにむに足を動かしてひた走り、腕《うで》から血を流している。

わたしも必死に走りながら、全身のふるえがとまらず、「だいじょうぶ、だいじょうぶ！」とさけんでいる。

あともう一ブロック。そこに動物病院がある。

受付に走った。

「お願いします！」

モーディーがさけぶ。ルーミーはぐったりして動かない。

「助けてください！」

わたしはどなった。

「先生はいま――」

「お願い！」

モーディーがいうと、白衣を着た獣医《じゅうい》さんが出てきた。

「こちらへ入ってください」

わたしたちはルーミーを診察台《しんさつだい》の上にのせた。

「だいじょうぶだからね」

いいながら、とてもだいじょうぶとは思えない。

獣医《じゅうい》さんがルーミーを診察《しんさつ》する。

「まだ息をしている。心臓《しんぞう》は強いようだ。左のうしろ脚《あし》が折れている」

「べつの犬に襲《おそ》われたんです」

説明しようとするものの、それ以上しゃべれない。

獣医《じゅうい》さんは、血でべったりおおわれているルーミーのおなかまわりを触診《しょくしん》し、首を横にふっている。

「これは難《むずか》しい――」

そんなこと、いわないで！

女の獣医《じゅうい》さんが入ってきた。

「わたしに診《み》させてください。はいはい、いい子ね。そう、あなたはいい子よ。大変だったわね。ちょっと見せてもらうわね……あらあら……これは痛《いた》いわ……痛《いた》いわよね。外科手術《しゅじゅつ》が必要です。二階へ連れていきます」

わたしはいまにも泣きだしそうだった。

「わたしもいっしょに行きます」

「残念だけど、それはできないの」

それから獣医《じゅうい》さんはモーディーに顔をむけて指示《しじ》をした。

「その腕《うで》、すぐに医者に診《み》せてください」

血の出ている腕《うで》に巻《ま》くよう、獣医《じゅうい》さんがモーディーにタオルをわたしていう。

「二ブロック先に病院があります」

「オリーブ、あとは先生たちにまかせるしかない」

モーディーがわたしにいった。

35 みんないるから

心臓《しんぞう》にいいきかせる。静まれ。
呼吸器《こきゅうき》にいいきかせる。あんたはちゃんと息ができるはず。
頭にいいきかせる。この先どうなるかはわからないんだから、勝手に決めつけないで。
胃《い》にいいきかせる。はきそうになるのはやめて。いまはそんな場合じゃない。
両手にいいきかせる。ふるえないで。
耳にいう。きこえるものだけを、きいて。
自分にむかっていう。すぐじゃないけど、いずれ結果はわかるから。
獣医《じゅうい》さんのいったことをわすれちゃダメ。
この子の心臓《しんぞう》は強い。
思いだして。
ルーミーはどこにいても最高の犬だってことを。
ルーミーは強いし、あんたも強いってことを。

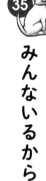

それにあんたの、大きな、大きな姉は、
スーパーヒーローに近い。
近い？
いや、モーディーはいつだってスーパーヒーローそのものだ。

救急処置室《きゅうきゅうしょち》にすわって、ひたすらノートに書いている。モーディーは右腕《みぎうで》を包帯でぐるぐる巻《ま》きにされ、狂犬病《きょうけんびょう》の注射《ちゅうしゃ》をうたれている。注射《ちゅうしゃ》はあともう三回しないといけないそうだ。モーディーはそれをわたしに伝えると、首を横にふっていった。

「わたしのほうは心配ないのに」

「モーディー、お医者さんのいうとおりにして。もしもってことがある」

モーディーの身にどんなことも起きてほしくない。この先永遠《えいえん》に。

救急処置室《きゅうきゅうしょちしつ》から出ると、待合室でブライアンとジョーダンが待っていた。

「ルーミーはまだ手術中《しゅじゅつ》だそうだ」とブライアン。

わたしはうなずいて、下をむいた。

わたしがもっと気をつけているべきだった。

あの犬が、ルーミーめがけて走ってくるのを見ているべきだった！

それからみんなで獣医《じゅうい》さんのところへ行った。受付に、前と同じ男の人がいる。

「連絡《れんらく》をして、終わったかどうかきいてみましょう」

わたしは話すことができない。

電話をすると、まだルーミーは手術《しゅじゅつ》中だった。

みんなですわって待つ。

待つのは大きらい。

ブライアンは何があったのか、きかなかった。

バーベキューにもどらなきゃいけないともいわない。

ジョーダンがわたしの顔を見ていう。

「きみのせいじゃないよ」

「わたしはルーミーを守れなかった」

「オリーブ、ぼくもその場にいた。だれのせいでもないんだ」

手術《しゅじゅつ》をしてくれたロザリオ先生が、満面の笑みを浮《う》かべて出てきた。満面の笑みという表現《ひょうげん》には、わたしの願望が入っている。実際《じっさい》にはわずかにほほえんだだけだ。

先生がこちらへ歩いてくる。わたしは立ちあがった。

「ルーミーはよくなりますよ」

わたしの肩《かた》にのしかかっていた五十キロのおもりが、すっと消えた。

「じつに強い犬です」

「そうなんです」

「ただし完全に回復《かいふく》するまでには少々時間《しょうしょう》が必要です。うしろ脚《あし》が折れていましたから。それを固定して、おなかの傷《きず》は閉《と》じておきました」

大変な手術《しゅじゅつ》だったんだ。

「わかりました」

すると先生は、今度こそ満面の笑みを浮《う》かべた。

「いいことを教えましょうか。盲導犬《もうどうけん》が着用する緑のベスト。あれがルーミーの首を守ってくれたの。ベストにかんだあとはあるけれど、攻撃《こうげき》してきた犬の歯は通さなかった」

ブライアンがほっとして、やれやれと首を横にふる。わたしは言葉が出てこなかったけど、あのベストを抱《だ》きしめたい気持ちだった。

「今夜一晩《ひとばん》、あるいはもう二晩《ばん》、こちらでおあずかりすることになります。そのあとはかかりつけの獣医《じゅうい》さんに診《み》てもらってください」

「ルーミーに会えますか？　あの子、わたしをたよりにしているんです」

先生はくちびるをぎゅっと結んだ。きっとだめだというんだろう。

「ふつうは、こういうことはしないんですが」

「でも、今回は……？」とモーディー。

四人にせまられて、先生は無言のプレッシャーを感じているにちがいない。

先生が大きなため息をついた。

「病院のルールはよくわかっています」とわたし。

「ケージに入って、まだ眠《ねむ》っているんですよ」

「気をつけるべきこともわかります！」

先生がわたしの顔を見る。

「お願いです。まちがったことはしません」

テレビでお医者さんがやっているように、両手をしっかり洗《あら》う。それから無菌《むきん》の黄色い上っぱりを着る。

ルーミーはケージのなかに敷《し》いた毛布《もうふ》の上で眠《ねむ》っていた。片脚《かたあし》とおなかに包帯を巻《ま》かれている。首まわりには、あのかさばるコーン。こんな状態《じょうたい》でどうして眠《ねむ》れるんだろう。

「コーンは、包帯をかんでしまわないためにつけています」と先生。

わかっている。

「薬が切れるまで、目は覚まさないと思います」

それもわかっている。

ケージのとなりにすわり、眠《ねむ》っているルーミーをじっと見つめる。

ごめんね、ルーミー。

ほんとうに、ほんとうに、ごめんなさい。

ルーミーが呼吸《こきゅう》しているのがわかる。

「みんなルーミーのために、ここにいるからね」

このとき、ルーミーがかすかに身じろぎをした。ケージのすきまから指を入れて、包帯を巻《ま》いていないほうの脚《あし》にふれる。ぎりぎりまで指をのばして毛をなでる。

「がんばったね。ルーミー、ほんとにいい子だよ」

ちょっと動いた。目を覚ましそう。

「どれだけ大変だったか、知ってるよ。だけど必ずよくなるからね。あなたをたいせつに思う人たちが、ここに集まってるんだから」

ルーミーが顔を上げて、わたしを見た。通じた！

「わたしなら、ここにいるよ。どこにも行かないよ。大好きだよ。わかってるよね？」

そうしてルーミーがわたしを見るその目に、あの特別な光がかがやいた。こんなに大変な目にあったのに、まだきらきらかがやいている！

どうして？　信じられない。

「脚《あし》が一本折れているんだって。おなかは包帯でぐるぐる巻《ま》きになってる。でもルーミーの心臓《しんぞう》は強いんだって。お医者さんがいってた。わたしは前から知ってたけどね」

「オリーブ、今日はこのぐらいにしておきましょう」ロザリオ先生がいう。

ここで寝《ね》てもいいと思ったけど、それはいわなかった。先生にいいたいことはまだあった……でもいえない。

ちょっとよそ見をした、ほんの一瞬《いっしゅん》のことだったんです。

靴《くつ》ひもを結んでいて。それ以外は、何から何まで注意をおこたりはしませんでした。その一瞬《いっしゅん》をのぞいては。

自分が何かへまをして、ルーミーが盲導犬《もうどうけん》になれなくなるかもしれない。そう思って、いつも不安だった。

最高の犬を落第させてしまった。

わたしはパピーウォーカーとして失格《しっかく》で、信頼《しんらい》してくれた人たちを失望させた。

頭のなかも心のなかも、ぐちゃぐちゃになって、いろんな考えがからみあっている。

やっぱりきけない。ルーミーは盲導犬《もうどうけん》の訓練を続けられますか？

答えはわかっている。

無理だ。

続けられるわけがない。

ロザリオ先生は、わたしの頭のなかで戦争が起きていることを知らない。

「心配しなくてだいじょうぶよ、オリーブ。わたしたちがしっかり見守るから。傷《きず》を負った部分をのぞけば、ルーミーはどこもかしこも健康そのものなの」

「今日はほんとうにありがとうございました」

わたしはそれだけいうと、これ以上ないくらい、ゆっくり、ゆっくりドアへむかった。

一秒でも長くここにいたかった。

「またすぐ会えるからね、ルーミー。あなたはほんとうに強い子だよ。それをわすれないで」

これ以上ゆっくり歩いたら倒《たお》れてしまうしかないというぐらい、のろのろとした足どりでドアまでたどりついた。ロザリオ先生がわたしといっしょに部屋を出てくれる。

「ねえ、どうやら待合室で何かすばらしいことが起きているみたいよ」

「なんですか？」

「おりていって、自分でたしかめて」

36 チャンピオン

エレベーターで一階におりる。ドアがひらいた。

うわっ、パーティー！

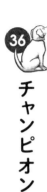

ライトニング、ミスティ、マライアが、わたしを待っていたかのように、すぐそこにいる！

ライトニングとミスティがエレベーターのなかへかけこんできた。

「ダメ、ダメ！」

しかりながら、思わず笑い声がもれる。

「ほら、外へ出て。そこにいたら、わたしが出られないでしょ！」

子犬クラブに属《ぞく》するべつの子犬四匹《ひき》もそこに加わった。わたしはひざをついて、一匹《ぴき》ずつハグをしようとしたけれど、無理だった。七匹《ひき》にいっぺんに飛びかかられ、犬の山にうずもれた。うれしすぎる！

犬たちの愛情《あいじょう》に心ゆくまでひたったあとで、ようやく人間に目がいった。

「こんなところで、いったい何をしているの？」

「ここ以外に、わたしたちのいるべき場所がどこにあるっていうの？」

クリスティーンがいって、チキンをガブリと食べた。

わたしの鋭《するど》い嗅覚《きゅうかく》がごちそうのにおいをかぎあてた。背《せ》の高いテーブルの上に、バーベキューチキン、焼きトウモロコシ、フルーツサラダ、犬の前足の形に焼き目をつけたカップケーキが並《なら》んでいる。

クリスティーンの娘《むすめ》さんのアレクシスが、わたしが食べる分を皿に盛《も》りつけてくれる。

それを受けとると同時に、わたしの人気は急上昇《きゅうじょうしょう》して、七匹《ひき》の犬がいっぺんに飛びついてきた。わたしは皿を高く持ちあげた。

「ダメよ。おすわり。そう、いい子ね」

それぞれのパピーウォーカーが、自分の担当《たんとう》してる子犬を引きとりにきた。受付の男の人もごちそうのおすそわけにあずかって、うれしそうだ。

ブライアンがわたしにいう。

「きいたよ。きみは公園でヒーロー並《な》みの大活躍《だいかつやく》だったそうじゃないか」

わたしは首を横にふった。とんでもない。

「あっというまに起きてしまって。気がついたときにはもう――」

「もう気にするな」

ブライアンがわたしにいう。

そこで思いだした。これはブライアンの誕生日《たんじょうび》パーティー！　動物病院の待合室でお祝いだなんて！

「ごめんなさい。せっかくのパーティーが……」

わたしがいいだすと、ぜんぜんかまわないと、ブライアンが手をふった。

「誕生日《たんじょうび》パーティーなんて、あきるほどやってもらったが、こういう場所では初体験だ」

子犬クラブの人たちが、ルーミーのようすを知りたがっている。ルーミーが勇敢《ゆうかん》に手術《しゅじゅつ》を乗り切り、声をかけたら顔をむけてくれたことを話した。

「明日の朝いちばんに獣医《じゅうい》さんのところへ行って、ルーミーのそばにずっとすわってるつもり。病院の人に追いだされるまでね」

わたしはそういってにっこり笑った。

「みんなに会えて、ほんとうにうれしい」

子犬クラブのメンバーは結束が固い。

わたしは「わたしの味方になってくれる人」のリストを更新《こうしん》しないといけない。

そうやって犬にかこまれているあいだに、ロザリオ先生がエレベーターからおりてきた。

クリスティーンが、先生にもバーベキューをわたすと、犬たちがそばによっていった。

わたしはほほえみながら、先生に近づいていく。

「ようこそ、パーティーへ」

「オリーブ、あなたにはたくさんの仲間がいるのね」

犬が七匹《ひき》参加するパーティーでは、ふつうのパーティーとはちがった種類の言葉が飛びかう。

いい子ね。

ふせ。

ダメ。ふせといったの。

放せ。

おすわり。

よし、いい子だ。

なんていい子かしら。

おい！

反省！


ブライアンは反省をさせる王さまだ。二匹《ひき》の犬を引き離《はな》し、それぞれべつのすみにすわらせる。

「静かに」のひとことで、犬たちは静まった。

わたしはみんなのもとへ歩いていく。

と、ルルとミス・ナイラが、クッキーをかかえて玄関《げんかん》のドアから入ってきた。そのうしろから、ケージに入れたバンスターを連れて、バーバンクさんもやってきた。

「子犬はどうかな？」とバーバンクさん。

「いま、眠《ねむ》っています。無事に回復《かいふく》するようです」

「そりゃ回復《かいふく》するさ」

バーバンクさんがバンスターのケージにニンジンスティックをつっこみ、自分用にチキンをひとつつかんだ。

「何しろやつは、何にも負けない、犬のチャンピオンなんだから」

ルーミー、いまの言葉、覚えてて。

自分がどういう犬であるか、わすれないで。

37 長い一週間

ルーミーに襲《おそ》いかかった犬が見つかったかどうか、ジョーダンがずっと動物管理ホットラインに電話をかけてくれていた。そして、とうとう見つかった！

逃《に》げだした番犬だそうで、攻撃《こうげき》するよう訓練されていたらしい。

「もうあの事件《じけん》は過去《かこ》のこととして、わすれよう」

モーディーがいった。うちの家族はいつだって前をむいて生きていく！

ベッカが、教会でとったろうそくの写真を送ってくれた。

〈ルーミーのために、キャンドルに火をともしたの！〉

ルーミーが今日帰ってくる。準備《じゅんび》は万全にととのえておいた。タオルとやわらかい毛布《もうふ》をたっぷり用意。ジョーダンはルーミーのケージをきれいに洗《あら》って、ルーミーが日中たいくつしないよう、あらゆるおもちゃをずらりと並《なら》べてくれた。

わたしはケージのそばに自分の寝袋《ねぶくろ》を広げた。

「わたしの寝場所《ねばしょ》はここだから」とモーディーにいう。

「いつまで？」

「必要がなくなるまで」

だめだとはいわれなかった。モーディーはほんとうにものわかりのいい姉だ。

ブライアンがいっしょに獣医《じゅうい》さんのところへ行って、ルーミーをうちの車に運び入れてくれる。車の後部座席《ざせき》には、タオルを敷《し》きつめて、ルーミーが横になれるよう、やわらかなクッションをひとつおいてある。

ルーミーはわたしの顔を見たとたん、目をかがやかせた。その頭に、わたしはそっと手をふれる。ルーミーの痛々《いたいた》しい姿《すがた》を見るのはほんとうにつらい。

「さあ、ルーミー。おうちに帰ろうね。移動式《いどうしき》のベッドだよ。寝心地《ねごこち》はどうかな？」

ブライアンがタオルの上にルーミーをおろす。わたしはルーミーが落っこちないよう、腕《うで》をまわして支《ささ》える。

モーディーは百歳《さい》のおばあさんみたいに、のろのろ運転をする。うちの前の通りに出てくると、ルーミーが頭を上げた。わかるんだ。

「もうすぐだよ、ルーミー。うちの近所まで来たよ。いい子だね。みんながルーミーにあいさつしたがってるよ」

ブライアンがルーミーを車からおろし、そのあとに、わたしがケージを持って続く。バーバンクさんがポーチに立っていて、こちらにむかって敬礼《けいれい》した。バンスターはタンタンタンと前足で地面をたたく。

ルルとミス・ナイラは玄関《げんかん》ホールにいて、そっとあいさつをしてくれる。ふたりのとなりにはジョージ・ダンも立っている。

階段《かいだん》の上からつりさがる大きな横断幕《おうだんまく》。

〈お帰りなさい。LUMIE。よくがんばったね〉

今度はルーミーのつづりもちゃんと合っている！

「あなたには読めないよね。でもこれはルーミーのためにつくってくれたんだよ」

わたしはルーミーにいった。

子犬クラブのメンバーもルーミーをむかえたがったのだけど、今日のところは、人数はひかえめにしておいたほうがいいとロザリオ先生にいわれた。

しばらくのあいだルーミーは、これまでとはがらりとちがう生活に慣《な》れないといけない。

わたしには、まだ見ることができないものがある。ルーミーの訓練用ベストだ。血がついていて、破《やぶ》れ目もあるだろう。見たくはないけど、ちゃんとバッグに入れて持って帰ってきてよかった。

完全に回復《かいふく》するまで、ルーミーは床《ゆか》を転がるおもちゃで遊んだり、裏庭《うらにわ》をかけまわったりはできない。

きのう、獣医《じゅうい》さんのところへルーミーの面会に行ったら、ロザリオ先生にいわれた。

「しばらくは寝《ね》てばかりいるでしょうけど、何か異変《いへん》があったら、いつでも連絡《れんらく》してちょうだい。犬にはそれぞれ個体差《こたいさ》があるのでね。でもルーミーの健康状態《じょうたい》はすばらしい。それが回復《かいふく》の大きな助けになるはずよ」

わたしはいわれたことを日記帳に書いていった。自分の記憶《きおく》だけをたよりにするのは不安だった。

「それと、オリーブ。覚えておいて。わたしたちのからだが回復《かいふく》するには、休息とくつろぎが必要でしょ。それは動物も同じなの」

うなずきながら、ぜんぶ書きとっていく。覚えておくべきことが山ほどあった。それをリストにしたら、こうなった。

・最初の十日間、ルーミーはあまり動いてはいけない。

（はたして動かずにいられるだろうか）
・ルーミーはまだいくぶん痛《いた》みを感じる。
・ルーミーはこれまで以上にわたしの注意を必要とする。よく目をかけてあげれば、落ち着いて、動きまわりたいという欲求《よっきゅう》がおさえられる。
・ルーミーは狂犬病《きょうけんびょう》の注射《ちゅうしゃ》をうち、これから抗生物質《こうせいぶっしつ》も投与《とうよ》していくので、以前より体力を消耗《しょうもう》する。
・もしルーミーがしょっちゅう動きまわるようなら、落ち着かせる薬を飲ませないといけない。

自分への約束事も書いた。

・二度とへまはしない。
・もし必要なら、ルーミーのようすを確認《かくにん》するために、これから十日間眠《ねむ》らずにいること。
・傷口《きずぐち》が赤くなったり、はれたり、体液《たいえき》がしみでたりしていないか、いつも気をつけて見ていること。
・おなかをそっとさわって、痛《いた》みがあるかどうか確認《かくにん》すること。

・ブライアン、モーディー、クリスティーンによれば、ルーミーのめんどうを見るために、わたし自身、自分の健康にも気をつけないといけない。これはあまり自信がない。

ひとつたしかなのは、長い一週間になるということ。

ルーミーがハアハア息をしているのはよくない兆候だ。温かくするのは大事だけれど、暑がるようではいけない。それで、小さな扇風機《せんぷうき》をまわしたら、ルーミーは気に入ったようだった。毛布《もうふ》も数枚《すうまい》はだけておくと、それもずいぶん気持ちよさそう。

そこでふと、いいことを思いついた。

大むかしからある童謡《どうよう》に犬の歌があった。「ビンゴ」というタイトルの、すごくかんたんな歌。

曲のなかばで、ビンゴのアルファベット、ＢＩＮＧＯ《ビーアイエヌジーオー》を何度もくりかえす。

♪農夫の　わんこの　名前はビンゴ
Ｂ《ビー》、Ｉ《アイ》、ＮＧＯ《エヌジーオー》！
Ｂ《ビー》、Ｉ《アイ》、ＮＧＯ《エヌジーオー》！
Ｂ《ビー》、Ｉ《アイ》、ＮＧＯ《エヌジーオー》！

O《オー》、名前は　ビンゴ

メロディーはわたしが自分でギター伴奏《ばんそう》できるぐらいかんたん。自分のギターを出してきて、チューニングしたあと、C《シー》のコードを鳴らす。よし、いってみよう。

♪姉妹の　わんこの　名前はルーミー

音程《おんてい》が高すぎる。

G《ジー》……それとC《シー》の組み合わせでやってみよう。

♪姉妹の　わんこの　名前はルーミー
L《エル》、U《ユー》、M《エム》I《アイ》E《イー》！
L《エル》、U《ユー》、M《エム》I《アイ》E《イー》！
L《エル》、U《ユー》、M《エム》I《アイ》E《イー》！
O《オー》――

ここはルーミーの場合、「オー」じゃない……けど、ルーミーはわたしの顔をじっと見ていて、この歌が気に入っているみたい。よし、「オー」は「そう」にしちゃえ。

♪そう、名前は　ルーミー

ほら、ルーミー、あなたのことだよ。

♪L《エル》、U《ユー》、MIE《エムアイイー》！

ルーミーが前足をちょいちょい動かした。

♪L《エル》、U《ユー》、MIE《エムアイイー》！
L《エル》、U《ユー》、MIE《エムアイイー》！
そう、名前は　ルーミー

ルーミーは鼻を上げて宙《ちゅう》をくんくんかいでいる。わたしはG《ジー》のコードをかきならす。寝《しん》室《しつ》から、モーディーの歌声がきこえてきた。

♪つ・よ・い・ぞ　ルーミー！

♪か・わ・い・い　ルーミー！

わたしもいっしょになって歌う。

♪そう、名前は　ルーミー！

モーディーがリビングに入ってきた。まだ腕《うで》に包帯を巻《ま》いている。ふたりの歌に、ルーミーはじっと耳をかたむけている。

♪L《エル》、U《ユー》、M《エム》I《アイ》E《イー》！

ルーミーがまた前足を動かした。

♪L《エル》、U《ユー》、M《エム》I《アイ》E《イー》！

L《エル》、U《ユー》、M《エム》I《アイ》E《イー》！

そう、名前は　ルーミー！

モーディーが大笑いして、ルーミーにおやつをあげる。

♪L《エル》、U《ユー》、M《エム》I《アイ》E《イー》！
L《エル》、U《ユー》、M《エム》I《アイ》E《イー》！
L《エル》、U《ユー》、M《エム》I《アイ》E《イー》！
そう、名前は　ルーミー！

もう一度！

♪L《エル》、U《ユー》、M《エム》I《アイ》E《イー》！
L《エル》、U《ユー》、M《エム》I《アイ》E《イー》！
L《エル》、U《ユー》、M《エム》I《アイ》E《イー》！

ルーミーがもぞもぞしだした。いったい何をしたいのか、こればかりはまちがえようがない。わたしは大急ぎで歌う。

♪そう、ルーミーは　い〜ま、
　オシッコがし・た・い！

「まかせとき！」

モーディーがいって、ルーミーをケージからそっと抱《だ》きあげ、階下に運んでいく。

包帯を巻《ま》いた腕《うで》で、どうしてあんなことができるのかわからない。

いや、わかる。

愛の力だ。

38 進め

ルーミーが家に帰ってきてから一週間がたち、ようやくあの訓練用ベストをとりだしてみる気になった。見るときにはいっしょにいてくださいと、バーバンクさんにたのんでおいた。

「血を見ても、だいじょうぶですか？」

わたしがきくと、バーバンクさんがいった。

「ああ、血はありがたいもんだ」

「わかりました。じゃあ、出します」

ビニール袋《ぶくろ》からベストをとりだした。つんといやなにおい。わきばらの部分に、かわいた血がこびりついていて、首もとに裂《さ》け目がある。

見ているだけでつらかった。襲《おそ》いかかってきた犬の顔が目に浮《う》かび、うなり声や、人々《ひとびと》のどなり声もよみがえってくる。わたしは裂《さ》け目を指さした。

「このベストのおかげで、命が助かったんです」

バーバンクさんがベストをとりあげ、表面を手でなでる。それから老眼鏡《ろうがんきょう》をかけて、じっくり観察する。

「もっとひどいと思っていたよ。さほどでもないじゃないか」

「わたしには、ひどすぎるとしか、思えません」

「それはおまえさんが、現場《げんば》にいて心に傷《きず》を負ったからだよ。無理もない。だが、いまおまえさんのとなりに、だれがすわっていると思う？」

ポーチに、だれかほかの人がすわっているのかと思い、あたりを見まわした。

「えっと……バーバンクさん」

「そのとおり。わたしのおじにあたる、偉大《いだい》なるミラード・バーバンクは、ドライクリーニングの事業をやっていた。ピッツバーグで初めて、環境《かんきょう》に配慮《はいりょ》したクリーニング方法を確立《かくりつ》してね。その叔父《おじ》が、知っていることのすべてをこのわたしに伝授《でんじゅ》してくれた。血のしみをとることに関しては天才だ」

「すごい。どうやってとるんですか？」

バーバンクさんが片手《かたて》をあげて、わたしをさえぎる。

「それは一族の秘密《ひみつ》だ。このベスト、わたしにあずからせてくれないか。なんとかできないか、やってみよう」

「ルーミー……」

目を覚ましているのがわかる。歩きだしたい気持ちも痛《いた》いほどわかる。でもまだそれは無理だった。

「ルーミーのベスト。あれ、きれいになるかもしれないよ。ミラード・バーバンクっていう有名なクリーニング名人がべつの州にいるんだけど、その人がたまたまバーバンクさんのおじさんだったの。その人は、血のしみをとる方法について、だれよりもよく知ってるんだって。だからきれいに落ちるかも。まあ、でもぜったいとはいえないけど。希望は持とうよ」

ルーミーは大きくのびをして、ケージのドアを前足でひっかいた。外に出たいんだ。

ロザリオ先生に電話できいてみたところ、リードにつないでろうかを歩かせるぐらいならかまわないとのこと。

モーディーがいないから、ちょっと不安もあるけど……。

ルーミーはケージのドアをたたいている。

「わかった。だけど、わたしのいうことをぜんぶきくんだよ」

リードをとってきて、首輪にとりつけた。

「ゆっくり、あせらずに行くからね。こういうコマンドは初めてだよね」

ルーミーはふしぎそうな顔でわたしを見る。

「ルーミー、進め」

よたよたした足どりで出てきて、わたしの顔を見あげる。

さあ、わたしも自信を持たないと。ふたりならきっとできると自分にいいきかせる。さあ、ルーミー、だいじょうぶだから。

「そうそう、いい子だね」

わたしはドアをあけてろうかに出た。ミセス・ドゥールがトイレにいる。それがなんだか心強い。

「ろうかをつかって、短い散歩をするよ。そう、そう、ちゃんと歩けてる」

ルーミーが足をとめた。首まわりについているコーンがいやなのだ。傷口《きずぐち》をかいてしまわないためのものだから、しょうがない。

「コーンのことは考えちゃだめ。歩くことだけ考える。ルーミー、進め」

どう説明していいのかわからないけど、心のなかがざわざわしてきた。

ちょっと待って。ろうかを歩かせるぐらいならかまわないとロザリオ先生はいっていたけど、それってどういうこと？

時間の制限《せいげん》はある？

どの程度《ていど》までやっていいのだろう？

傷《きず》がひらいたりすることはない？

見たところ、ルーミーはしっかりしている。片脚《かたあし》をひきずってはいるけれど。

この歩き方はふつう？

あれだけのケガをして手術《しゅじゅつ》をしたんだから、しょうがないよね？

わたしはルーミーをじっと観察する。

「ねえ、何がしたい？」

ルーミーはちょっと首をふってから、ろうかを歩きだした。

わたしは歌を歌う……。


♪L《エル》、U《ユー》、MIE《エムアイイー》！

L《エル》、U《ユー》、M《エム》I《アイ》E《イー》！

L《エル》、U《ユー》、M《エム》I《アイ》E《イー》！

そう、名前は　ルーミー！

信じられないかもしれないけど、こうやって歌ってきかせていると、ルーミーの足どりが少しずつ速くなっていくのがわかる。

「ルーミー、無理はやめようね」

でもルーミーは、ろうかのつきあたりまで行こうと一生懸命《いっしょうけんめい》だ。

わたしはそっとささやく。

「そうして、偉大《いだい》なるルーミー・ハドソンは、わき目もふらず、ろうかのつきあたりへ、まっしぐらに進んでいくのでした。アメリカ一の盲導犬《もうどうけん》をめざして訓練を続けるルーミー——いいえ、世界一の盲導犬《もうどうけん》です！　何にも負けないチャンピオン犬の、この雄姿《ゆうし》をごらんください！」

傷《いた》めたほうの脚《あし》を床《ゆか》に着くときは、緊張《きんちょう》してしっぽを持ちあげ、力を加減《かげん》しているのがわかる。それでもちゃんと歩いている。

ルーミーはだいじょうぶ！

39 もっと強く

三日後、バーバンクさんからベストがもどってきた。すっかりきれいになっている。

緑の布地《ぬのじ》に手をすべらせる。

「すごい！」

「そこんところだけは、落ちなかった」

バーバンクさんが裏側《うらがわ》を指さす。

「そこはおなかの下。だから見えない。それに、においもとれてる！」

さらによく見てみると、裂《さ》け目もなくなっていた。

「やぶれてたところ、どうやって直したんですか？」

「その秘密《ひみつ》は教えてやろう。透明《とうめい》のマニキュアだ。けっこうつかえるんだよ。ほら、縫《ぬ》い目もない」

「ありがとうございます」

わたしはバーバンクさんに抱《だ》きついた。信じられないほどうれしい。

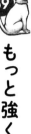

「ほんとうに、ありがとう！」

ベストはこれまでどおり、ドアの横のフックにかけておく。それをルーミーが、首をかしげてじっと見ている。

一週間後、ロザリオ先生に、もう首のコーンははずしていいといわれた。これはルーミーにとっては「自由の日」と同じで、うれしさに飛びあがりたい気分だろうけど、まだそれはできない。

「かわりに、わたしが飛びあがるよ」

そういってジャンプした。

「やったー！　ルーミー！」

それまでは3B《ビー》に住んでいる気のいいマークか、モーディーに抱《だ》かれておりていったのに、二週間後のいま、ルーミーはゆっくりとだけど、自力で階段《かいだん》をおりている。みんなが集まる一階の大きなリビングにも、ルーミーが休めるよう新たなケージをおいてある。

そして、シェアハウスのみんなも、ルーミーの歌を覚えてしまった。

3B《ビー》のマークとコーラはハモることもできて、ミセス・ドゥールは指をパチンと鳴らして、「さあ、みんなリズムに乗っていきましょう！」と気分を盛《も》りあげる。

ルル・ピアースはみんなの前に立って、合唱隊の指揮者《しきしゃ》よろしく指揮《しき》をする。

♪L《エル》、U《ユー》、M《エム》I《アイ》E《イー》！

L《エル》、U《ユー》、M《エム》I《アイ》E《イー》！

L《エル》、U《ユー》、M《エム》I《アイ》E《イー》！

そう、名前は　ルーミー！


バーバンクさんは、最後を低音で歌う。

ミス・ナイラは高音で歌い、その声があまりに高いので、ルル・ピアースに「気をつけないと、ガラスが割《わ》れるよ」といわれている。

一匹《ぴき》の犬がみんなをひとつにする。

拍手《はくしゅ》。拍手《はくしゅ》。

この歌をきくたびに、ルーミーは強くなっていく。獣医《じゅうい》さんは、そんなことはありえないというかもしれない。犬には音楽が理解《りかい》できないと思っている人も、わたしがでたらめをいっていると思うだろう。でも、ほんとうなんだから、しかたない。

けれど、ここでひとつ、こまった問題が持ちあがった。ここまでいっしょにがんばってきたんだから、ルーミーを自分の犬にしたいという気持ちが強くなって、それがいいことなのか悪いことなのか、自分でもわからなくなったのだ。

正反対のふたつの考えが、胸《むね》のうちでぐるぐるうずを巻《ま》いている。

ルーミーが完全に回復《かいふく》し、これまで学んできた成果を発揮《はっき》できて、盲導犬《もうどうけん》になるテストにも合格《ごうかく》するなら、今回の事件《じけん》には関係なく、ルーミーは盲導犬《もうどうけん》としての道をまっとうするだろう。もし、そうでなかったら、わたしたちといっしょにいられる。わたしの犬として、永遠《えいえん》にそばにいる。

モーディーは『すばらしいティーンエイジャーの育て方』を読んでいる。ちょうど十章をひらいていて、肩《かた》ごしにのぞいてみると、「いっしょに笑う」という部分に下線が引いてあった。それでわたしは、バカみたいに大声をあげて笑いだした。難《むずか》しくない。たとえおもしろいことは何も起きていなくても。でも、モーディーは乗ってこない。

何を考えているのか、よくわからないときがある。

わたしはまじめな顔になっていう。

「ねえ、モーディー、ちょっと深刻《しんこく》な話をしてもいい？」

モーディーは本を閉《と》じた。わたしはふわふわの白い椅子《いす》にすわる。

「もし、あのときわたしが、靴《くつ》ひもを結ぼうとしていなかったら、ルーミーは襲《おそ》われることがなかった。そう思わない？」

モーディーが読書用メガネをはずして、わたしのほうへ身を乗りだしてきた。

「あの犬は、どこからともなく現《あらわ》れたの。オリーブにとめられるはずがない」

「でも、やっぱりもやもやする。わたしがなんとかしなきゃいけなかったんだよ」

そういったあとで、思い切って、こうもいってみた。

「パパが大変な病気だってことも、そばにいたわたしが、わかっていなくちゃいけなかった。すぐになんとかするべきだった！」

「おどろいた！　なんだってそんなことがいえるわけ？」

「もっと早くに、お医者さんに見せていたら、手遅《ておく》れになる前に病院に行かせていたら、いまも生きていたかもしれない。もっと注意して見てるべきだった！」

するとモーディーが立ちあがった。背《せ》の高さにものをいわせて、わたしを上から威圧《いあつ》する。

「つまりオリーブはこういいたいのね。パパがガンになったのは、あなたが十一歳《さい》のときだけど、どんな医療《いりょう》訓練も受けていないその年ごろの女の子でも、パパに必要なことはぜんぶわかっていなくちゃいけなかった。わかっていなかったから、パパは死んだ」

それは……。

「自分が靴《くつ》ひもを結ぼうとしたために、ルーミーは襲《おそ》われた。そのわずか数秒のあいだ、もし靴《くつ》ひもを結ぼうとしていなければ、十三歳《さい》の女の子であるあなたが、犬の攻撃《こうげき》を防《ふせ》げたと、そういいたいわけね？」

それは……。

「ねえ、オリーブ、いいことを教えようか？　そういうふうに考えたくなる、あなたの気持ちは、わたしにもわかるの」

「そうなの？」

「ママに対して、わたしもそう考えていたから。ぜんぶ自分のせいだってね。ママがおもしろくない一日を送ったのはわたしのせい。何か悪いことが起きても、わたしのせい。でもって、悪いことはしょっちゅう起こっていたから、わたしはずっとずっと自分を責《せ》めつづけていた」

「でもモーディー、いまはちがう！」

「そりゃそうよ。そういう考えは、ぜんぶでたらめだってわかったから」

たしかなこと

寝室《しんしつ》で寝《ね》ているモーディーをよそに、わたしはルーミーのケージのとなりで寝袋《ねぶくろ》にくるまっている。ルーミーが動きまわっている音がした。

「どうしたの、ルーミー？」

答えない。

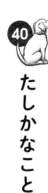

「ケージのなかにいるのに、もうあきあきしちゃったの?」

するとルーミーがわたしの顔を見た。

「もしわたしがルーミーだったら、ろうかを歩きたいな。もちろん静かにね。もうみんな眠《ねむ》ってるから」

ケージのドアをあけて、ルーミーを外に出す。リードをつけて「ルーミー、おいで」と小さな声でいう。

わたしと並《なら》んで歩きながら、ルーミーはドアの前で足をとめ、フックにかかっている緑のベストをじっと見あげる。わたしはドアをあけた。ろうかの灯りは薄暗《うすぐら》いけれど、歩くのに不便はない。ルーミーがわたしの顔を見あげる。

「もうあの事件《じけん》のことはわすれよう」

まだわたしの顔を見ている。

「わたしももう、考えないようにする」

それから、歩いた。

ろうかを行ったり来たり……。

みなさん、偉大《いだい》なるルーミー・ハドソンが、とうとう復帰《ふっき》をはたしました。見てください。この毛のつや。そしてどうどうたる姿勢《しせい》。この犬は困難《こんなん》を乗り越《こ》えた、何にも負けないチャンピオン犬なのです。さらに、パピーウォーカーのオリーブ・ハドソンもまた、着実に成長しています。今朝はずっともやもやしていましたが、いまはぜんぶふっきれました！　これまで表に出てこなかった新しいわたしが誕生《たんじょう》したのです！

きしむ音もほとんど立てずに階段《かいだん》をおりていく。

ルーミーが玄関《げんかん》のドアをじっと見ている。外へ出たいのだろう。

「いまはお散歩のできる時間じゃないからね」

そういって、キッチンに入っていく。室内はしんと静まっている。

時間を見たら午前四時四十七分。信じられない。外に出て裏庭《うらにわ》のパティオに立つ。のぼる朝日を見るには、ここがいちばんだった。まだ日はのぼらず、空にかすかな変化が見えるだけ。濃紺《のうこん》だった夜空に、細いピンクと黄色の線が現《あらわ》れて、そこから夜と朝が分かれていくようだった。のぼる朝日が新しい日を連れてくるのを、わたしたちはシェアハウスのパティオからながめている。

ひとたび心が決まると、そこから先はトントン拍子《びょうし》に事が進みそうに思える。世界が、空が、地球のあらゆる色が、わたしにむかって、がんばれよと、そういってくれている気がした。

「しりごみするようすがなければ、もう走る準備《じゅんび》はととのったってことだから」

ロザリオ先生はそういっていた。

わたしは数歩うしろに下がり、両手のしぐさだけで、「おいで」というコマンドを出す。

「いいよ、ルーミー。そうそう。あなたは強い」

ルーミーは頭をぷるぷるっとふると、早歩きを始めた。

「よし、準備《じゅんび》運動はこれでオーケー」

わたしはルーミーを連れて中庭のまんなかに出た。

「じゃあ、走ってみよう」

ルーミーからリードをはずし、右手をさっとはらっていう。

「さあ、がんばれ」

ルーミーは力強い走りで、フェンスのはずれまで行って、またもどってきた。

「どう、久《ひさ》しぶりに走った気分は？」

わたしのところからフェンスまで、それから何度走ったかわからない。思わず笑いがもれた。

「ルーミー、ケガをしたんじゃなかったっけ？」

きっともうわすれてる。いまでは遊ぼう、遊ぼうと、わたしにむかってジャンプしている。その場でくるりと回転するわたしの横をルーミーがさっとかけぬける。

ルル・ピアースがパティオに立ってコーヒーを飲んでいる。わたしたちはそちらへ走っていった。ルーミーはおすわりをして、ルルからおやつをもらった。

「元気のかたまりって感じね。エネルギーに満ちあふれてるわ」とルル。

「もう乗り越《こ》えたんだと思います」

キッチンを通っていくと、ミス・ナイラに声をかけられた。

「まあ、おどろいた！」

ルーミーといっしょに階段《かいだん》をかけあがっていく。ちょうどミセス・ドゥールがトイレにむかうところだった。

「あらまあ、早起きだこと」

「そうなんです」

それから自分たちの部屋、２Ｂ《ビー》に入り、まっすぐ寝室《しんしつ》にむかう。モーディーはぐっすり眠《ねむ》っている。ルーミーがモーディーの手をぺろりとなめた。

モーディーが片目《かため》をあけた。

「何、いまの？」

「奇跡《きせき》が起きたの」

わたしはモーディーに説明をする。

モーディーがベッドから出た。わたしはルーミーの朝ごはんを床《ゆか》においた。けれどルーミーは食べようとせず、ドアのほうへとことこ歩いていった。

「ルーミーは歩きたいんだ」

わたしはいって、ルーミーにリードをつけて、ドアをあけた。けれどルーミーは動こうとしない。

「ほら、行くよ」

がんとして、動こうとしない。

「ルーミー？」

こんなルーミーは初めてだった。

ルーミーはドア近くのフックにかかった、緑のベストをじっと見あげている。あれを着たいのだ。

「ルーミー、行くよ。お散歩だよ」

モーディーがそういっても、ルーミーはベストのそばから離《はな》れない。

フックからベストをおろしてやると、ルーミーはにおいをかいだ。頭からベストを通して、おなかの下でパチンととめる。

ルーミーは頭をぷるぷるっとふると、率先《そっせん》して、ろうかへ出ていった。

41 生まれる前から決まっていた

ルーミーといっしょに一気に階段《かいだん》をかけおりる。わたしの全身から興奮《こうふん》がしたたり落ちていくのがわかる。ルーミーはまっすぐ玄関《げんかん》のドアへむかった。モーディーがドアをあけ、みんなでポーチに出る。ルーミーは迷《まよ》うことなく、勝手知ったる散歩コースへむかう。

まるでケガなんかしなかったように。

あんなおそろしい事件《じけん》なんて起きなかったように。

朝起きたら、悪い記憶《きおく》がきれいさっぱり消えていた。そんな感じだった。

このコースはかなり骨《ほね》が折れる。ルーミーはどこまで行けるだろう。道のとちゅうに飛びだした岩。あそこをどうするのかと思ったら、ルーミーはあっさり岩をよけて、そのまま先へ進んでいく。

「ルーミー、とまれ」

ぴたっととまった。近くの木から、リスがこちらを見おろしている。ルーミーは気にしない。

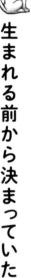

道に転がったコーラのびん。においをかぐために脚《あし》をとめることもない。

訓練したことが、ぜんぶできている。

これをブライアンに見せないと。


「また以前のように、なんでもできるようになったんです」

わたしはブライアンにいって、実際《じっさい》にやって見せる。

「ルーミー、ふせ」

進め。

おすわり。

おいで。

ブライアンといっしょに、ルーミーをスーパーマーケットに連れていく。ルーミーはいわれたことをなんでもやった。

行列にきちんと並《なら》んだ。

小さな子が、「ワンワンだ！　ワンワン！」とさけんでも、じっとすわっている。

ショッピングカートが倒《たお》れても、じっとすわりつづけている。

帰る時間になると、ルーミーはわたしといっしょに、落ち着いて自動ドアから出ていく。

「すごいよ、ルーミー」

わたしはいった。

次はブライアンがリードをにぎって、いっしょに通りを歩いていく。

「すぐもどる」

二十五分たってももどってこない！

すると、とうとう見えてきた。ブライアンとルーミーが角を曲がって、通りを横断《おうだん》している。わたしの姿《すがた》をみとめると、ルーミーのしっぽが高々《たかだか》と上がった。まるで小さなポニーのように頭をプルプルゆさぶる。

「まあ、おどろくことじゃないんだろうな」とブライアン。

「この子なら、できてあたりまえ。根っから仕事が大好きなんだ。ルーミーの場合、いま何ができるか、過去《かこ》に何があったかは問題じゃない。問題は心になんらかの傷《きず》を負っているかもしれない、それがこれからの仕事の支障《ししょう》にならないかということなんだ」

それに対して異論《いろん》はなかった。盲導犬《もうどうけん》は目の不自由な人の生活を支《ささ》えるわけで、何があってもパートナーの安全を守らなくちゃいけないからだ。

「だいじょうぶかどうか、どうやってたしかめるんですか？」

「上級の訓練で、どこまでやれるか見てみよう。ハイレベルの訓練を受けている犬たちのグループに入れるんだ。もうそこに入っても十分やっていけると思う。ただ、そうなると二日後には送りださないといけない。オリーブ、きみの心の準備《じゅんび》はできているかな？」

口をあけたものの、言葉が何も出てこない。

「考えて、今日のお昼前までには結論《けつろん》を出してほしい」

心の準備《じゅんび》なんて、できているはずがない！　何を考えるっていうの？

心が落ち着かず、部屋のなかを行ったり来たりしている。圧迫感《あっぱくかん》があって息苦しい。きつつの服を着て、足に合わない靴《くつ》をはいている気分だった。胃《い》がきりきり痛《いた》んで、口のなかがからからにかわいている。

オリーブ、あんたはばかだね。みずからつらい結果を招《まね》いてしまった。だまっていれば、ルーミーはあんたのもとにいられたのに。

「まあ。それじゃあもうほとんど時間がないじゃない」とモーディー。

モーディーはどう思うか、きいてみた。

「そんなのつらいに決まってるじゃない。ルーミーがここからいなくなるなんて」

きかなきゃよかった。

わたしは外に出た。ばかでかいゴミ収集車《しゅうしゅうしゃ》が、大きな音を立ててゴミを集めている。そのうしろに立って、出せるかぎりの大声をはりあげる。収集《しゅうしゅう》係の人が、ふりかえってわたしを見た。

「すみません」

「オレもしょっちゅうやってるよ」

だれにアドバイスを求めればいい？

わたしはどうするべきなのか、だれが教えてくれる？

わたしはさみしくなる。

犬がいなくなったら、わたしは愛されるのがどういうことか、わすれてしまう。

わたしのもとからルーミーがいなくなったら――。

ちがう。これは「わたし」の問題じゃない。

最初からブライアンはいっていた。ルーミーはわたしの犬じゃない。

家のなかにもどって階段《かいだん》を上がり、モーディーにいう。

「わたし、ルーミーに次の訓練を受けさせたい。チャンスを与《あた》えたいの」


夜。眠《ねむ》れない。ルーミーをケージから出し、大きな窓《まど》の前にいっしょにすわって夜空を見あげる。

「覚えてるかな。ルーミーがひどいケガをしたあと、ろうかを行ったり来たりして歩く練習をしたでしょ。あれでルーミーはだんだんと回復《かいふく》していったんだよね。たぶんわたしも、あのときルーミーといっしょに回復《かいふく》していったと思うんだ」

今夜は星がひとつも見えない。黒一色の空。

わたしはルーミーを抱《だ》きしめた。

そうだ、犬は人間の不安を感じとるんじゃなかったっけ？

「いい、ルーミー。できるかどうかなんて思っちゃだめ。あなたが盲導犬《もうどうけん》になるのは、生まれる前から決まっていたの。それにルーミーはケガをしたでしょ？　あのケガのおかげで、ルーミーはさらに強くなった」

正しいこと

犬の訓練センターは車で一時間の距離《きょり》にある。わたしにとっては好都合。だって通りのすぐ先にでもあったら、きっとルーミーに会いたくて四六時中そこにはりついているだろうから。それは規則違反《きそくいはん》だ。

心がざわざわしているとき、モーディーはだまる。わたしの場合は、おしゃべりがとまらない。でも今日はしかたない。

「モーディー、しゃべって。お願いだから」

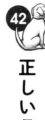

モーディーがにやっとする。

「あら、オリーブは勇敢《ゆうかん》だなって、そう思ってたところなのに」

「勇敢《ゆうかん》なんかじゃない……」

「ちょっと待って。しゃべってくれとたのんできたのはオリーブでしょ。だったらわたしのいうことを否定《ひてい》しない」

わたしは思わず笑いをもらした。

「わかった。わたしは勇敢《ゆうかん》」

「何があっても負けない、勇敢《ゆうかん》このうえない女の子」

「あまりに勇敢《ゆうかん》すぎて、バカだともいえる」

モーディーがゲラゲラ笑った。

「オリーブにそんなことというのは、臆病者《おくびょうもの》だけ」

なんだか気分がいい。

ふりかえってルーミーを見ると、窓《まど》の外に広がる新しい風景をじっと見ていた。この先に新しい冒険《ぼうけん》が待っている。手を出すと、ルーミーがぺろっとなめた。

モーディーがルーミーにむかっていう。

「ねえルーミー、知ってると思うけど、オリーブは二週間後に八年生になるの」

「ルーミーもわたしも、これからが勝負だね」

そのあとは、ふたりともだまっていた。モーディーの新しい車は、パパのバンみたいにガッタンガッタンゆれない。あまりに乗り心地がよすぎて、わたしはまだ慣《な》れない。先月から給料が上がったので、モーディーが思い切って買った車だった。

ブライアンの話では、ルーミーの訓練がどのように進んでいるか、報告書《ほうこくしょ》が送られてくるらしい。

訓練所に入れば、ルーミーは犬舎《けんしゃ》で眠《ねむ》ることになる。最初のうちは慣《な》れないだろう。そばをウサギが跳《は》ねまわることもない。

わたしはルーミーの好きなものを、ひとつ残らずリストにした。頭のどの部分をかきかきするとよろこぶか、そんな小さなこともぜんぶ書いた。

パパはいつもいっていた。何か困難《こんなん》な物事に直面したときには、これまでに乗り越《こ》えてきた大変なことを思いだすといい。

ルーミーに教えてやりたいけど、これを犬にわからせるのは難《むずか》しい。

モーディーが訓練所の駐車場《ちゅうしゃじょう》に車を入れる。とちゅうに、盲導犬《もうどうけん》の彫像《ちょうぞう》があった。

わたしはルーミーにむかっていう。

「ねえ、ルーミー、あなたはだれかの人生を変えることになるんだよ。ルーミーのおかげで、わたしの人生もがらりと変わった」

車をおりると、何もかもが重なってぼやけて見えた。ゲイルという女の人がわたしたちを待っていてくれて、訓練センターの奥《おく》へ案内してくれる。そこにルーミーの犬舎《けんしゃ》があるらしい。わたしはルーミーのリードをにぎって歩いていく。泣かないようにするために、こんなに必死になったのは初めてだった。遊び場のスペースを犬が数匹《ひき》走りまわっている。ルーミーが好きそうな場所だった。でも、どうして地面がびしょびしょなの？

「ごめんなさい。水が流れてて歩きにくいでしょ。あのホース、水もれしているの」

ゲイルが手で壁《かべ》をさしていう。わたしはモーディーに顔をむけた。モーディーがうなずいたので、そちらへ歩いていって、ホースがつながっている蛇口《じゃぐち》の水もれを点検《てんけん》する。

「これなら、直せます」

ゲイルがおどろいた顔をする。

「まかせてやってください」とモーディー。

わたしは万能《ばんのう》ツールからペンチを出して、ホースをはずした。

「わかった、これだ」

ゴムのワッシャーに土のかたまりが入りこんでいた。それをきれいにしてから、ペンチをつかってまたホースをとりつけなおし、ぎゅっとしめた。水もれがとまった。

ルーミーがしっぽをふっている。わたしのことが誇《ほこ》らしいみたいに。

「すごいわね。ありがとう」ゲイルがいった。

いくら幼《おさな》い配管工だって、仕事中に泣いたりしないだろう。でもわたしは泣いてしまった。モーディーも泣いている。

わたしはルーミーをぎゅっと抱《だ》きしめて、すぐ放した。

「さあ、じゃあルーミーは行って、自分は何ができるのか、みんなに見せてあげなさい」

モーディーはルーミーを抱《だ》きしめて、「いい子ね」と、ひとことだけいった。

ゲイルにルーミーのリードをわたした。

「おふたりとも、今日までほんとうにありがとう」

ゲイルはルーミーを犬舎《けんしゃ》へと歩かせる。ほんの一瞬《いっしゅん》、ルーミーがふりかえった。わたしは手をふり、ゲイルはルーミーを犬舎《けんしゃ》のなかに入れた。

モーディーといっしょに、歩いて車へもどる。車のボンネットにもたれると、またなみだがあふれてきた。モーディーがぎゅっと抱《だ》きしめてくれる。わたしの悲しみを全身で受けとめるようなハグ。それが効《き》いた。

「アイスクリーム、食べよっか？」とモーディー。

わたしはクスンと鼻を鳴らしていう。

「うん」

「今日から食べはじめて、一週間のあいだは毎日朝食にアイスクリームを食べよう」

「賛成《さんせい》」

それから何日もアイスクリームを食べつづけたけれど、心をなぐさめるのにいちばん役に立ったのは、わたしたちは正しいことをしたという事実だった。

ルーミーは盲導犬《もうどうけん》になるために生まれてきた。

そのために訓練を続けてきた。

だから挑戦《ちょうせん》しなくてはならない。

43 テスト

毎朝目が覚めると、「がんばれルーミー！」と口に出していっている。

いまごろどうしているんだろう……。

次から次へテストを受けて。

あらゆる雑音《ざつおん》や気を散らすものをいっさい無視《むし》して。

夜には、わたしを思ってちょっぴりさみしくなるかもしれない。でもルーミーには悲しい気持ちになってほしくない。

訓練センターの人たちは、ひとり残らずルーミーを大好きになる――それはもうわかりきったこと！

わたしの人生は、なんだかちぢんでしまったような感じがする。
どこを見てもルーミーが見える。記憶《きおく》のスイッチをオフにすることができない。
わたしを見あげるときのルーミーの顔。
キッチンでのルーミー。
散歩中のルーミー。
町に出たときのルーミー。
チキンのあぶり焼きを見たら、泣きたくなった。
「オリーブは正しいことをした。だからつらいんだよ」
ジョーダンがそういってくれる。
モーディーは「大きく暮《く》らす」のポスターに大きな虹《にじ》を描《えが》いてくれた。
そうして訓練センターから、最初の報告書《ほうこくしょ》が送られてきた。

〝ルーミーはこの仕事に必要な才能《さいのう》を大いに発揮《はっき》してくれています。困難《こんなん》なことに対してしりごみすることはいっさいなく、なんでも上手にこなし、新しい技術《ぎじゅつ》を進んで習得《しゅうとく》しています。ルーミーといっしょに働くのは大きなよろこびです。〟

これはもう、人間でいうならA＋《エープラス》！

いう。

この報告書《ほうこくしょ》はキッチンの冷蔵庫《れいぞうこ》にはられることになった。ルル・ピアースがそれを見て

「さすが、うちの子！」

「写真は送られてこないのかい？」とバーバンクさん。

「こないの」

「写真ぐらい送ってくるべきでしょうが」とミセス・ドゥール。

だれもがルーミーを恋《こい》しがっている。バンスターはわたしたちの部屋の前に立って、ルーミーが出てくるのを待っている。

バーバンクさんは自分のウサギにこんなことをいった。

「おまえがもっと人好きのする性格《せいかく》だったら、この家の王さまになれたかもしれないぞ」

さらにもう一通、訓練センターから報告書《ほうこくしょ》がとどいた。それには、「問題点」と書かれていて、問題はふたつあった。

・盲導犬《もうどうけん》にしてはからだが小さい。

・歩いていて、スピードを出しすぎるときがある。

ちょっと、ちょっと！　わたしは抗議《こうぎ》の手紙を送りたかった。目の不自由な人のなかに

だって、からだが小さい人もいるだろうし、元気いっぱいの犬を必要とする人だっているはずでしょ？

この家には、ルーミーは歩くのが速すぎるなんて文句《もんく》をいう人はひとりもいない！

いままでは目が覚めるとこういっている。

「がんばれルーミー、でも少しスピードは落として」

学校が始まるまであと三日。わたしは必要なものをもれなく準備《じゅんび》している。

あと二日。夏休みの課題図書をぜんぶ読み終えた。どの本にも、犬は一匹《ぴき》も出てこなかった。

あと一日……自由を満喫《まんきつ》できる最後の日。

シェアハウスでは、わたしのために晩餐《ばんさん》会をひらいてくれた。

その夜はほとんど眠《ねむ》れなかった。

朝、バス停《てい》まで歩いていく時間になると、自分の意識《いしき》がすっかり変わっているのにおどろいた。このあいだまでの自分が子犬のように思える。

新しい学年が始まって、ようやく自分が一人前になったような感じ。

四つある授業《じゅぎょう》のうち、三つの授業《じゅぎょう》で、先生たちが口をそろえて、同じことをいった。

「きみたちはもう八年生なんだ……」

そんなことは朝起きたときに、みんな知っているというのに。そして先生たちはみなこうつけくわえる。「これまでより大変になりますよ」と。

わかってる。でもわたしたちだって、これまでより強くなった。

数学の時間には、「概算《がいさん》」を勉強した。たとえば、21×9を20×10として計算して、だいたいの答えを出すようなこと。

国語の授業《じゅぎょう》では、ある考えをとことんつきつめていくにはどうしたらいいかと、先生が質問《しつもん》した。

わたしはすかさず手をあげた。

「リストをつくります。そうすると、考えがまとまりやすくなるんです」

だれもほかに手をあげない。となると、この授業《じゅぎょう》ではリストをつくって考えることになるんだろう。

社会の時間には、自分がもっとも興味《きょうみ》を持っていて、研究したい集団《しゅうだん》を選ぶようにいわれた。これもわたしは手をあげた。

「人間でなくてはいけませんか？」

教室にどっと笑いが起きた。先生がわたしの顔をしげしげと見る。この子は教師《きょうし》をこまらせようとしているのか、それとも、まじめにきいているのか？

「きみは人間以外の、どんな集団《しゅうだん》に興味《きょうみ》があるのかな？」

「盲導犬《もうどうけん》です」

「それはいい」

今日はかなりいい日。

ルーミー、あなたはどうしてる？

ルーミーに手紙が書けたらいいのに。


八年生になって三週間がたったころ、ニュースがとどいた。

〝ルーミーはあらゆるテストに合格《ごうかく》しました。これから卒業訓練に入ります。すばらしい犬を育ててくださって、ほんとうにありがとうございました。〟


古いオークの大木が、葉をつやつやの黄色に変えだした。道路わきの背《せ》の高い草も濃《こ》い茶色になってきている。

裏庭《うらにわ》では、小さなカボチャがふたつみっつ、育ちはじめている。

モーディーは借金からぬけだすベルをたくさん鳴らし、わたしは「やった！」と何度もさけんでいる。一年でこんなにお金がたまるなんて。ほんとうにおどろきだ。

モーディーにこんなことをいわれた。

「まもなく、自分たちの家に住めるようになるからね。そういわれて、気分はどう？」

百パーセントうれしいとはいえなかった。

シェアハウスのみんなに会えなくなるのがさみしい。

植物に霜《しも》がおりるようになったころ、とうとうルーミーの訓練所から連絡《れんらく》が来た。

〝卒業テストをふくめ、あらゆる試験にルーミーが合格《ごうかく》したことを、ここによろこんでお伝えします。成績《せいせき》はすべて優等賞《ゆうとうしょう》です。〟

やっぱりルーミーはすごい!

新しい飼《か》い主も決まり、わたしたちはルーミーの卒業式に招《まね》かれた。

〝ご都合がつくとよろしいのですが。〟

ご都合なんて、つかなくたって行く!

44 ふつうじゃない

新しい飼《か》い主、マリア・ロペス先生とともに立つルーミー。マリア先生は大学で国語を教えていて、思ったとおり小柄《こがら》で、エネルギーに満ちあふれている。

ルーミーを目にしたとたん、わたしもモーディーもなみだがあふれ、ふたりでポケットティッシュを一パックつかいはたしてしまった。でもマリア先生の名前とともにルーミーの名前が呼《よ》ばれると、なみだはすっかりかわいて、ルーミーへの愛情《あいじょう》と誇《ほこ》らしさで胸《むね》がいっぱいになった。

モーディーとわたしは前から三列目にいる。ルーミーがわたしたちに目をむける。だれだかわかったその瞬間《しゅんかん》、世界が美しくきらめいた。

そう、ルーミー。わたしよ。

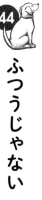

でもすぐルーミーは仕事にもどった。

ベストではなく、ハーネスを身につけて、マリア先生とぴったり足《あし》並《な》みをそろえてステージの上を歩いていく。以前とぜんぜんちがう。大きくなったなあ。ずっとハーネスをひっぱってきて筋肉《きんにく》がついて、肩幅《かたはば》が広くなった。頭を高々《たかだか》と持ちあげ、しっぽをぴんと立てている。

ルーミーはペンシルベニア州で暮《く》らすことになる。

卒業式が終わったあと、ルーミーとマリア先生と短いひとときを過《す》ごすことができた。

先生はずっといいつづけていた。

「この子といっしょにいることで、わたしがどれだけ自由を感じ、あなたがたに、どれだけ感謝《かんしゃ》をしているか。その気持ちを十分にお伝えできるだけの言葉が見つかりません」

言葉の先生にそこまでいわせるんだから、わたしたちもすごい！

さあ、最後のハグ。わたしは心のなかで歌っていた。


♪Ｌ《エル》、Ｕ《ユー》、Ｍ《エム》Ｉ《アイ》Ｅ《イー》！

Ｌ《エル》、Ｕ《ユー》、Ｍ《エム》Ｉ《アイ》Ｅ《イー》！

Ｌ《エル》、Ｕ《ユー》、Ｍ《エム》Ｉ《アイ》Ｅ《イー》！

そう、名前は　ルーミー！


ほんの一瞬《いっしゅん》、ルーミーがわたしに体重をあずけてきて、わたしも思いっきり抱《だ》きしめた。

「いつまでも、永遠《えいえん》に」ルーミーにそういう。

またルーミーが歩いてもどっていくのを見守る。いまのルーミーはもう、完全な仕事モードだ。

モーディーがわたしの手をとっていう。

「きっとルーミーはカンペキにやる」

ルーミーとマリア先生が写っている、盲導犬《もうどうけん》訓練所の卒業式の写真がとどいた。わたしは小さなカードに次のような言葉を書き、写真のフレームにくっつけた。

ルーミーを育ててきたすべての日々《ひび》をわたしたちのパパ、ジョー・ハドソンにささげる。

「すばらしい仕事は人生の大きなよろこびであり、まずい仕事では決して満足感は得《え》られない」

――パパはいつもそういっていた。

例年より早くに雪が降《ふ》りだしたけれど、ほんのパラパラで、つもることはなかった。わたしは子犬を手放したさみしさをうめるように、ブライアンの会社にちょこちょこよって仕事を手伝った。モーディーはわたしたちが暮《く》らす小さな家を見つけた。場所はシェアハウスの近く。ふたりでキッチンを黄色にぬっているとき、モーディーがにっこり笑って、こういった。

「そろそろ、自分たちの犬を飼《か》ってもいいんじゃない？」

思わず飛びあがり、モーディーにぶつかっておし倒《たお》しそうになった！

そのとき、電話が鳴った。ブライアンからだ。自分たちも犬を飼《か》うつもりなんだと、早く話したくてたまらない。

「じつはいま、ニュートンっていう名前の、生後七週間の黒いラブラドール犬といっしょに床《ゆか》にすわっているんだ。この子がまた、なかなか見どころがあってね。ひょっとして、きみはもう一度子犬を育ててみる気はないかと思ったんだ」

一瞬《いっしゅん》息がとまった。

「オリーブ？」

ブライアンがいう。

わたしの背《せ》すじがぴんとのびた。兵隊さんのように胸《むね》をぐっとはり、大きくうなずいた。

けれど、電話のむこうにいるブライアンに見えるはずもなく、まだモーディーに話もしていない。

知らぬ間にとめていた呼吸《こきゅう》をふつうにもどし、電話のむこうのブライアンにいった。

「電話、かけなおしてもいいですか？」

わたしはモーディーに話をした。

「冗談《じょうだん》でしょ」とモーディー。

それからふたりで考えた。

自分たちの犬を飼《か》うのは延期《えんき》していいのか。

それも考えた。

十七分が経過《けいか》。

わたしはブライアンに電話をかけて、大声でいった。

「よろこんでお引き受けします！　わたしたちふたりで！　責任《せきにん》を持って！　確実《かくじつ》に！」

電話を切ったとたん、部屋の酸素《さんそ》が入れ替《か》わっている気がした。

「わたしたち、ふつうじゃないよね。知ってた？」とモーディー。

知ってますとも。

モーディーが床《ゆか》に四つんばいになって、子犬に危険《きけん》なものがないかさがしはじめる。そのあとにわたしもついていって、モーディーが見逃《みのが》したものをすべて拾っていく。

モーディーとわたし。

最強のコンビ。

そこではっと気づいた。悲しみでこわれてしまった心も、愛でつなぎあわせれば、新しい世界をつくっていけるんだって。

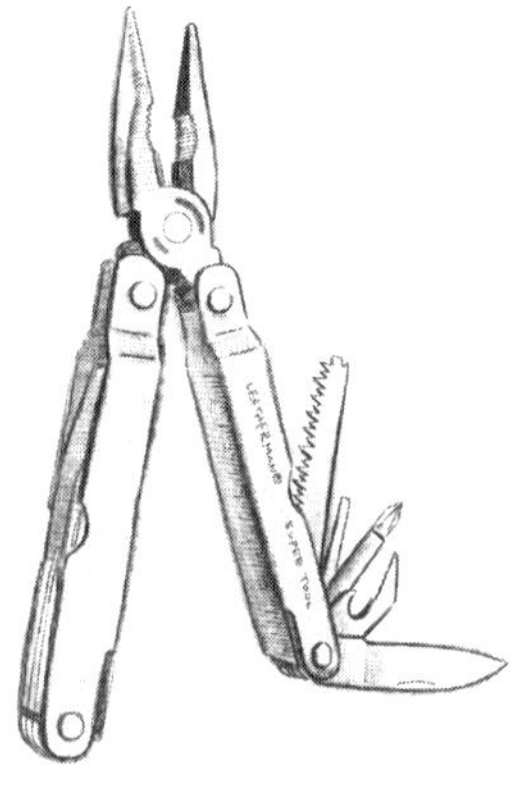

訳者《やくしゃ》あとがき

どんな親のもとに生まれたかで、人の一生が決まる。すべては時の運で、幸せになれるかどうかは、生まれた瞬間《しゅんかん》にもう決まっている……。そんなあきらめムードが、いまの日本の若者《わかもの》たちのあいだに広がっているとききます。

それが本当なら、ジョーン・バウアーの作品に登場する女の子たちの人生はお先真っ暗。『靴《くつ》を売るシンデレラ』の主人公は父親がアルコール依存症《いぞんしょう》でしたし、『負けないパティシエ』は、シングルマザーの母親に連れられて主人公が夜逃《よに》げする場面から始まりました。べつに好き好んでこんな家庭に生まれてきたんじゃないのに……。ひょっとしたら、そう思うことがあったかもしれません。でもジョーン・バウアーが描《えが》く女の子たちは、あきらめないし、負けない。自分の得意《とくい》なことを活かして、自力で人生を切り拓《ひら》いていくのです。

本作『ルーミーとオリーブの特別な10か月』は、二歳《さい》のときに母親を、そしてつい最近、父親まで亡《な》くしてしまった十二歳《さい》の女の子オリーブが主人公です。身寄《みよ》りがなくなったために、初対面のような異母姉《いぼあね》とふたり、知らない町のシェアハウスに引っ越《こ》して、見知らぬ人たちといっしょに暮《く》らすことになりました。十二歳《さい》の女の子にとって、これほど心細いことはないでしょう。実際《じっさい》オリーブは過呼吸《かこきゅう》のパニック発作を起こすようになり、自分の気持ちを書くようカウンセラーからすすめられた日記に、こんな文章をつづっています。

オリーブ・ハドソン、みなしご。

オリーブ・ハドソン、知らない町にやってきた転校生で、友だちはひとりもいない。

オリーブ・ハドソン、むかしの暮《く》らしにもどれるなら、何をさしだしたっていい。


とことん絶望《ぜつぼう》し、これからの暮《く》らしに夢《ゆめ》も希望も持てなかったオリーブが、大きく変わるきっかけとなったのが、盲導犬候補《もうどうけんこうほ》のルーミーという子犬でした。

目の不自由な人の生活を助ける盲導犬《もうどうけん》は、子犬時代の十か月を、パピーウォーカーというボランティアの家庭で過《す》ごします。そのボランティアをオリーブがやることになり、（オリーブにいわせれば）「世界一かわいい子犬」ルーミーを預《あず》かることになったのです。

盲導犬候補《もうどうけんこうほ》ですから、いずれ専門的《せんもんてき》な訓練を受けることになります。それよりまえの子犬時代に特に大切なのは、人間のために働くのは喜《よろこ》びであるとわからせること。そのために、人間の愛情《あいじょう》をたっぷり注ぐ必要があります。でもそれは、もともと大の犬好きであり、犬を飼《か》うことをずっと夢見《ゆめみ》ていたオリーブにとって、少しも難《むずか》しいことではありません。

オリーブのあふれんばかりの愛情《あいじょう》に包まれて、すくすく育っていくルーミー。子犬一匹《ぴき》と女の子ひとり、二人五脚《きゃく》（？）の毎日は、つねに山あり谷ありで、笑いもあれば涙《なみだ》もあって、かたときも目を離《はな》せません。日を追うごとに、一心同体といってもいいような強い絆《きずな》で結ばれていくオリーブとルーミー。ふたりの毎日を見ていて、読者としていちばん心配になったのは、十か月後に待っている別れです。どんなに仲良くなっても、自分のペットではないルーミーを永遠《えいえん》に手もとに置いておくことはできません。ねえ、オリーブ、ほんとうにだいじょうぶ？　思わず声をかけたくなってしまいます。

そのときがきたら、実際《じっさい》どうなるかわからない。でもオリーブはオリーブなりに覚悟《かくご》をしているようで、盲導犬《もうどうけん》を育てる経験《けいけん》について全校集会で行ったスピーチのなかに、こんな言葉があります。

「その犬の一生のある時期に自分がかかわった。その事実は永遠《えいえん》に消えることはありません。そのあとその犬が何をしようと、だれといっしょに働いて、将来《しょうらい》だれを支《ささ》えることになっても、幼《おさな》いころにそばにいて、支《ささ》えてくれた人間のことはぜったいにわすれません」

もしかしたら、このときオリーブは無意識《むいしき》のうちに、ルーミーと自分の関係に、自分と亡《な》くなったパパの関係を重ねて、こんなことも思っていたかもしれません。

「わたしの一生のある時期に、パパがかかわった。その事実は永遠《えいえん》に消えない。そのあとわたしが何をしようと、だれといっしょに働いて、将来《しょうらい》だれを支《ささ》えることになっても、幼《おさな》いころにそばにいて、支《ささ》えてくれたパパのことはぜったいにわすれない」

実際《じっさい》オリーブの胸《むね》には、パパから教わったたくさんのことが大切にしまわれていて、折々《おりおり》にそれらを引き出して、生活に役立たせる場面がたくさんあります。きっとルーミーもオリーブから教わったことのひとつひとつを覚えていて、新たなパートナーとの生活で役立てていくのでしょう。

原著《げんちょ》のタイトルは「ルーミーを育てること」という意味の『Raising Lumie』。子犬を育てて立派《りっぱ》な盲導犬《もうどうけん》になるべく巣立たせる。その経験《けいけん》を通してオリーブは、自分もまた親に育ててもらった子ども時代に感謝《かんしゃ》しながら、巣から飛び立って、立派《りっぱ》な大人になることを決意するという、まさに「負けない」女の子の物語といえましょう。

本人の努力だけではどうにもならないことというのも確《たし》かにあって、そういう状況《じょうきょう》を改善《かいぜん》するのは大人の責任《せきにん》です。けれどどんな逆境《ぎゃっきょう》に生まれても、それをバネに自力で人生を切り拓《ひら》き、幸せをつかむ若者《わかもの》たちの姿《すがた》は、いつの時代も多くの人に希望を与《あた》えてくれます。ルーミーとオリーブの希望にあふれた物語が、ひとりでも多くの若《わか》い人たちの手にとどき、自分の内に眠《ねむ》る無限《むげん》の可能性《かのうせい》を見いだしてくれたら、それ以上うれしいことはありません。

最後になりましたが、これまでジョーン・バウアーの素晴《すば》らしい作品を日本の読者に続々《ぞくぞく》と紹介《しょうかい》し、今回また、とっておきの新作の出版《しゅっぱん》を実現《じつげん》してくださった、編集《へんしゅう》の喜入《きいれ》今日子さんに心より感謝《かんしゃ》を申し上げます。

二〇二一年秋
杉田《すぎた》七重

ジョーン・バウアー
Joan Bauer

アメリカ、イリノイ州生まれ。新聞社や雑誌社の広告部門で働いた後に、初めて書いたヤングアダルト小説が新人賞を受賞。『希望のいる街』（作品社）でニューベリー賞オナーとなる。『靴を売るシンデレラ』（小学館）はゴールデンカイト賞。『負けないパティシエガール』はアメリカ図書館協議会のシュナイダー賞を受賞、YAベストフィクションの一冊にも選ばれている。現在はニューヨークのブルックリン在住。

杉田七重
すぎたななえ

1963年東京都に生まれる。小学校の教師を経たのちに翻訳の世界に入り、英米の児童文学やヤングアダルト小説を中心に幅広い分野の作品を訳す。主な訳書に、『ゾウと旅した戦争の冬』(徳間書店)、『時をつなぐおもちゃの犬』、『発電所のねむるまち』（共にあかね書房）、『月にハミング』、『フラミンゴボーイ』『レモンの図書室』（いずれも小学館）、ルイス・キャロル『不思議の国のアリス』（西村書店）などがある。

SUPER! YA
ルーミーとオリーブの特別な10か月

2021年11月22日　初版第1刷発行

作　ジョーン・バウアー
訳　杉田七重
発行者　野村敦司
発行所　株式会社小学館
〒101-8001 東京都千代田区一ツ橋2-3-1
電話 03-3230-5416(編集)
03-5281-3555(販売)
印刷所　萩原印刷株式会社
製本所　株式会社若林製本工場

ISBN978-4-09-290590-0

制作／友原健太　資材／木戸礼　販売／窪康男　宣伝／野中千織
編集／喜入今日子

読み出したらとまらない……。

SUPER! YA シリーズ

働くって楽しい!

［ゴールデンカイト賞受賞］

靴を売るシンデレラ

ジョーン・バウアー 作　灰島かり 訳

全国有名靴チェーン店でアルバイトをしているジェナは、
天才的センスで靴を売るスーパー店員だ。
ある日、オーナーの運転手となり全国を回ることになる。
オーナーとのドライブで、彼女がつかんだものは……。